許しゆるされ心ごころ

佐木呉羽
SAKI Kureha

プロローグ

ゴールデンウィークを目前に控え、心地よい風に頬をなでられながら、夜の空気を胸いっぱいに吸い込む。日本一周中とボディに掲げたバイクにまたがる百々《もも》山《やま》汰《た》一郎《いちろう》は、察知していた微かな異変を確信に変えていた。

（やっぱり、そうだ）

これは、気のせいではない。

一つひとつの毛穴から伸びる産毛が、まるで触角のように、人ならざるモノの気配を感知している。全身を覆う皮膚の感覚が、己の判断は間違いではないと、さらなる確信を伝えてきた。

夜陰に聞こえてくるのは、滔々《とうとう》と流れる川のせせらぎ。いくつものゴロゴロとした大きな石は水中にドッシリと鎮座し、細かな水しぶきを上げている。一級河川である日野川沿いと、ＪＲ伯備線に沿って走る国道一八一号線。

山に囲まれ、生活に不便はきたさない程度の店舗が建ち並び、ポツリポツリと集落ごとに民家の明かりが灯っているのは、鳥取県は西伯郡伯耆町《ほうきちょう》の溝口《みぞくち》という土地だ。

星がキレイに見える夜空を背景にして、天守閣を持つ城のように浮かび上がっているのは、山頂に電波塔が建つ鬼住山《きずみやま》。遥か昔、鬼が拠点にしていたという山城である。

汰一郎は、電波塔を覆い隠すように、山頂付近にのみ山霞がかかっている標高約三三〇メートルの鬼住山を見上げていた。

（あいつらが来る前に、なんとしても鎮めないと……）

邪馬台国の卑弥呼が平穏をもたらすよりも前。倭国大乱よりも前の弥生時代に存在したとされる、大日本根子彦太瓊尊《おおやまとねこひこふとにのみこと》――第七代孝霊《こうれい》天皇によって退治され、配下となった鬼が、再び暴れださないように。

日野川に架かる鬼守橋の上から、川の対岸に建てられている建築物を見上げる。

伯耆町側から南部町方面のとっとり花回廊へ向かう山越えの途中に、山肌の木々を伐採して建てられ、劇場や会館として利用されている鬼の館ホール。鬼住山を望むように、この地を守らんと睨みを利かせて牙を剥いている巨大な鬼のオブジェは、金棒を手にして屋根の上にドッシリと腰を下ろしている。

この鬼は、日本最古の鬼退治として今も伝わり、孝霊天皇の配下になったとされる鬼――大牛蟹《おおうしがに》がモチーフだ。

汰一郎は、大牛蟹をイメージした鬼のオブジェに、鋭い眼差しを向ける。

「絶対に……俺が、捜しだしてやるからな」

決意を胸にして呟くけれど、答える声はない。

ドルゥンとバイクのマフラーを荒々しく吹かせ、汰一郎は鬼のオブジェに背中を向けて、時おり大型のトラックが通る国道一八一号線を走りだした。

一

高校の制服に身を包み、リュックを背負っている金森瑛麻《かなもりえま》は眉根を寄せ、目の前でイビキを掻いているアゲハ蝶の幼虫みたいな物体に戸惑っていた。

深緑色の寝袋にくるまっている男は、顔だけ——というか、アイマスクのせいで、鼻と口しか見えていない。寝袋からはみ出しているボサボサの長い髪の毛は、海の中で揺れるワカメみたいに泳いでいる。顎には無精髭が生え、何日もの間、風呂に入っていないのだろうと連想させた。

高校の授業をサボり、いつものようにやって来た楽楽福《ささふく》神社。神社の建物を正面に見たとき、参道の左側には《楽楽福神社古墳》と木製の立て札が立っている、こんもりとした小さな古墳がある。境内の広さは、フットサルコートくらいだろうか。集落の中にある神社、といった感じで、比較的こぢんまりとしている。

ここには社務所がなく、神職が常駐していないし、神社の周囲は木々に囲まれているから、ちょっと見ただけでは人が居ることもわかりにくい。なにより田んぼの中に位置しているから、ほぼ車も人も通らないため、誰にも見つかることなく一人の時間を過ごすにはもってこいの場所なのだ。

まぁ、だからこそ……今、瑛麻が置かれている状況は非常にまずいのだが……。拝殿の前に横たわっている男は、目が覚めたときに、どんな反応をするだろう。万が一にも、犯罪に巻き込まれる可能性が頭をよぎる。

（今日は、違う場所を探さなきゃ）

面倒だなぁ……と呟き、背負っているリュックの肩紐を両手で掴む。

せっかく時間を潰そうと思っていたのに、とんだ無駄足だった。

瑛麻の日課に飛び込んできたイレギュラーである男は、ンガッ！　とイビキを詰まらせる。恨みがましさを込めて軽く睨み、クルリと踵を返した。

周囲には店がなく、数軒ずつ寄り添うように建っているのは民家のみで、広がるのは田んぼばかり。道路を越えた向こう側は公園になっているけれど、幼子が遊ぶような遊具はなく、花びらを散らして青々とした葉を茂らせるソメイヨシノが何十本も立ち並んでいる。

人口が日本国内で一番少ない片田舎の鳥取県の西部地方で、都会的な立場に位置する米子市内に点在するようなファミレスもない。溝口駅の周辺には大手のコンビニが二軒あるけれど、さすがに一限目から六限目までの授業と同じほどの時間は潰せないし……コンビニやスーパーの駐車場で座り込んでいようものなら、おそらく通報されてしまうだろう。駅員が常駐しなくなった溝口駅も、意外と人の出入りは多く、ベンチが並ぶ待合コーナーで長い時間を過ごすと不審に思われそうだ。

（行ける場所が、思い浮かばない……）

しかたなく、境内の中で、男には見つからないような場所を探すことにした。トボトボと境内の中を歩き、いつも気にかかってしまう立て札に目を向ける。

墨がにじんだ文字でそこに記されているのは、この地にとどまり、崩御された孝霊天皇のこと。そして、古墳の説明文。

小高くなっている中央の一番高い部分に一本の木を生やした古墳の長さは、南北に約十六メートル。東西に二十メートルで、高さが約二メートル。古墳だと知らなければ、ただ土が盛り上がり、草が生えているだけの小山にしか見えない。活発な子供であれば、嬉々として頂上まで登り、そこから一気に駆け下りる競争を始めてしまうことだろう。

しかも、この古墳は楕円形の円墳。授業で習った内容と、歴史好きの祖母と一緒に見ている歴史関連の番組から得た知識によれば、円墳は古墳時代を通して造られていたらしい。楽楽福神社古墳は大正九年に盗掘された際、六世紀中頃の高杯が発見されたという。崩御所の脇に笹葺きの社を造りて祀る、という立て札の説明と古墳の時代は合致しないし、いったい誰の墓なのか。瑛麻にとっては不思議だった。

不思議だけれど……ただの高校一年生に、真実を探り、確かめるすべはない。

不意に、視界の端で揺れる影をとらえる。

（もしかして、ほかにも誰か居るのかな？）

興味と警戒心、そして少しの好奇心に負け、影の残像を追ってみることにした。

グルリと、古墳に沿って歩いていく。ほぼ半周したところで、拝殿のすぐ近くに戻ってきてしまった。古墳のふもと、立て札の近くには、小さな社《やしろ》がある。その隣で、うずくまっている人物の背中を見つけた。ゆっくりと、慎重に距離を縮めていく。

着ている服は、上下共に白。Tシャツの生地ではなく、もっと粗い感じの、綿……というより麻みたいな素材だ。髪型も、長い髪の毛を真ん中から左右に分け、耳元でひょうたんのように結んでいる。

年下の女の子ならば、声をかけたほうがいいだろう。あの芋虫男が目を覚ます前に、どこか安全な場所……溝口駅の先にある警察にまで連れて行ってあげるのが得策かもしれない。膝を抱えて座り込む背中は丸まっていて、どことなく不安そうだ。

「ねぇ、どうしたの？」

遠慮気味に声をかけると、わずかに動く頭。ゆっくりと立ち上がり、その子が振り向いた。

瑛麻は、思わず目を見張る。

うずくまっていたのは、小さな女の子ではない。首には、管玉《くだたま》と勾玉《まがたま》が連なる首飾り。腰には真っすぐに長い大刀《たち》。歴史の資料集で見たことがある、古代の衣装を身に着けている男の子。〇〇のみこと、という名前で描かれている日本神話系の神様みたいな姿をしている美少年だ。

目鼻立ちの整っている、自分と年頃が同じくらいか少し年下に思える美しい少年から、瑛麻は目を離すことができなくなってしまった。

瑛麻も、美少年も、互いに見つめ合ったまま時間が過ぎていく。どちらも言葉を発することなく、長い沈黙が場を支配していた。

瑛麻は改めて、美少年の姿を観察する。一瞬だけ、幽霊？　と思ったけれど、体の向こうは透けていない。実体をともなっているか影の有無を確認しようとしたけれど、生い茂る木々の葉が影を作り、広く地面を暗くしていて判断がつかなかった。

それよりなにより、なんでこんな服装なのだろう。古代人か日本神話に登場する神様の、リアルなコスプレかなにかだろうか。もしかしたら、セミプロかアマチュアのカメラマンと待ち合わせでもして、古代に想いをはせた個人撮影会でも計画しているのかもしれない。

だとしたら、この美少年は、見てくれよりも歳を重ねている社会人だろうか。健全な十代ならば、今の時間は絶賛授業中。近い年齢だった場合、この美少年は、中高いずれかの学校に通う生徒だということになる。

今年の一月に市内から溝口に引っ越してきたばかりだから、この地域の同級生を始めとする生徒児童の面々を把握できていない。だから、美少年の家も名前も知るはずがなかった。

(どうしよう……困ったな)

自分から声をかけてしまった手前、このまま立ち去ることもできない。次をどうするか、必然的に判断を迫られていた。

話を続けるのか、適当な挨拶をしてそそくさと立ち去るか。少し悩んだけれど、面倒事には首を突っ込みたくない。無難に、後者を選ぶことにした。

『なあ』

瑛麻が口を開くよりも早く、美少年が声をかけてくる。

『そなたは、なにも感じぬか?』

(えっ、なに？　そなたって……今時、言わなくない？)

直感的に、深く関わりたくなくて、無意識に足はジリジリと後退していった。

美少年はわずかに目を伏せ、憂いの表情を浮かべる。スラリと白く細長い指が、ソッと自身の胸に添えられた。カチリ、と首にかけられている珠の連なりが鳴る。胸に添えていない左手は、腰に携える大刀の鞘を掴んだ。

『なにやら……胸騒ぎがしてならぬのじゃ』

「胸騒ぎ……？」

胸騒ぎなら、瑛麻だってしている。いつも胸の奥がザワザワして落ち着かない。焦燥にかられるのに、鎮め方がわからない。なにをしても気が晴れないし、胃のあたりにはズンと重たいシコリが常にある。

そうなってしまった原因はハッキリとしていて、今は大人の手によって悩みの種が強制的に取り除かれた状態だ。けれど、一度明かりをともして火を消したロウソクの芯みたいに、いつまでも心をジリジリと焼き続けている。

うつむく瑛麻の視界に、はだしの足が映り込む。

（なんで、靴を履いてないの？）

いくら過ごしやすい季節だといっても、普通、家を出るときは靴くらい履く。サンダルでも草履でも、アスファルトから足裏を守るためのアイテムは必要だ。

（この人、いったいどんだけ本格的なコスプレしてんだろ）

リアルを追求するこだわりに感服しつつ、美少年の顔に目を向ける。身近には居ないイケメンに、目がくらみそうだ。

人を疑う、おとしめるといった悪行とは無縁に思える、焦げ茶色の澄んだ瞳。

美少年は瑛麻の手を取り、ギュッと握り締める。突然のことに驚き、手を引っ込めようとするけれど、予想に反して美少年の力が強い。手を振りほどこうとしたけれど、無理だった。

『そなたに、頼みがある』

「えっ、ちょっと……！」

戸惑う瑛麻にはお構いなしで、美少年は端正で整った造形の美しい顔をグイと近づける。

『現世で、こちらの世で、動いてくれる協力者が欲しい。どうか、私に手を貸してくれぬだろうか！』

「は？」

急展開すぎて、理解が追いつかない。

（現世？　こちらの世？　なに言ってんの？）

美少年は澄んだ瞳に、キラキラとした輝きを宿す。焦げ茶色の瞳には、不信感丸出しの瑛麻が映っていた。

『こうして、私の姿が見えるのもなにかの縁。頼む！　どうか、助けてもらえぬだろうか』

「だから助けるって、そんな……なにから？」

話が見えないのに、返事はできない。得体の知れない恐怖が押し寄せてくる。

声なんてかけるんじゃなかったと、今さらながら後悔した。

「その協力者には、俺がなろう」

耳に心地よい周波数を含んだ男の声が、不安の底に沈みかけていた瑛麻の心を掬い上げる。なにより、美少年と二人だけだった今この瞬間をぶち壊してくれたことに感謝した。安堵の笑みを浮かべ、声がしたほうへと顔を向ける。

驚きの表情を浮かべる美少年の背後に佇むのは、見上げるほどに背の高い……拝殿の前で寝ていた不審な芋虫男だった。


安堵したのも束の間、瑛麻は再び緊張感の中に身を投じていた。

見つかることを避けようとしていた男が、目の前に居る。境内の中をウロウロとさまよっていた時間が、すべて無駄になってしまった。

男は長い前髪を掻き上げ、ボサボサの髪を無造作にヘアゴムでくくる。無精髭をなでながら、あくびをひとつ噛み殺して、鳶色の双眸に瑛麻と美少年を映した。

どこかいけ好かない、浮雲のように掴みどころがなさそうな男に、瑛麻は警戒を強める。美少年は瑛麻の手を放すと、期待のこもった眼差しを男に向けた。

『誠か！　そなたが、私の協力者に？』

「はい。おそらく……あなたが感じている胸のざわめきと、俺の感じている気配は同じものでしょうから」

胸のざわめき、ということは……瑛麻が美少年と対面した頃から、男は話を盗み聞きしていたようだ。

物音ひとつ、足音ひとつ気づけなかった。普通なら、こんな人気《ひとけ》のない神社の境内で、人の動きがあれば気づきそうなものなのに。

警戒心は猫並みだと自負していたけれど、認識を改めないといけないみたいだ。

美少年は、薄汚れたジーンズとヨレヨレの白いTシャツを身に着ける男に向き直り、瑛麻に背中を向ける。瑛麻は美少年と男から距離を取りながら、二人の表情が見える位置に移動した。

『協力、感謝する。我が名はホウキだ。よろしく頼む』

「箒《ほうき》?」

掃除で使うアレを名前にされるだなんて、名付けた親は、いったいどんなセンスをしているのだろう。キラキラネームにもほどがある。

「多分、キミの頭に浮かんでる漢字は、間違っていると思うぞ」

瑛麻の考えていることを読み取ったのか、男は溜め息とともに眉をひそめた。

瑛麻はビクリと肩を揺らし、目を白黒させると、わずかに身を強ばらせる。頭の中で考えていることを読み取られるなんて、気味が悪い。この男は、エスパーかなにかだろうか。

ハッハ、と笑う楽しそうな声に、美少年の様子を窺う。こりゃ困った、というような苦笑を浮かべ、なにかを懐かしむように目を細めた。

『父上が付けてくれた名だ。ホウキは法吉鳥《ほうきどり》のことであり、愛称は鶯《うぐいす》。ゆくゆくは伯耆国《ほうきのくに》の王になるべく、鶯王と呼ばれていた』

「鶯王！」

やはり……！　と、男の目が大きく見開かれる。美少年――鶯王は「左様である」とわずかに顎を引き、男の胸中に浮かんでいるであろう考えを肯定した。

鶯王と男は、互いに伝わり合っている。瑛麻だけが、理解できていない。会話についていけず、置いてけぼりだ。ただ一人取り残され、除け者というか、蚊帳の外。鶯王って何者なの？　と、今さら聞ける雰囲気でもなく、知ったかぶりさえもできない。ただ黙って、二人のやり取りを静観していることしかできなかった。

瑛麻の葛藤など微塵も察知していない鶯王は、少年らしからぬ、大人っぽい微笑を浮かべる。

『そのほうらも、私のことは鶯王と呼ぶがよい』

「ありがとうございます」

男が恭しく頭《こうべ》を垂れるのだから、愛称で呼ぶようにと許しを得られたことは、かなりありがたいことなのだろう。瑛麻も一応、形だけの会釈をしておくことにした。

しかし鶯王は、会釈をした瑛麻を一瞥すらせず、男に話しかける。

『協力すると申し出てくれた、そちらの……』

鶯王が聞きたいことを悟った男は、ニコリと人当たりのよさそうな笑みを浮かべた。彫りが深くて、無精髭を生やしている顔面は厳ついけれど、笑うと目尻に人懐こそうなシワが刻まれる。薄い唇が動き、汰一郎です、と静かに名を告げた。

「百々山、汰一郎。どうぞ、お見知り置きを」

『そうか、汰一郎というのだな。しかと覚えたぞ。よろしく頼む。汰一郎』

嬉しそうな鶯王に、お任せください、と汰一郎も頼もしい笑みを浮かべて応える。

鶯王の美しい顔が瑛麻に向けられ、焦げ茶色の双眸には、頼りなさそうな風貌の女子高生が映し出された。目にかかりそうな長さの前髪に、耳の下で切り揃えられたショートボブ。表情は暗く、冴えない女子の典型だ。

鶯王は、わずかに目を細める。

『そのほうは、引き止めて悪かった。もう、よいぞ』

早く帰れ、というニュアンスに受け取られ、ズキリと心に傷がつく。関わり合いになりたくないと思っていたのに、いざ必要ないと告げられてショックを受けるだなんて、どれだけ自尊心が強いのだろう。

このまま引き下がりたくなくて、心にもないセリフを口走ってしまった。

「なにから助けるのか聞いただけで、協力しないとは言ってないじゃない！」

でも、協力を求められた事柄の内容を聞いたら、もう引き返せない気がする。

それでも、このまま帰りたくない。

なにがなんでも動こうとしない瑛麻に、顔を見合わせた鶩王と汰一郎は、諦めたように肩をすくめた。一瞬だけ鶩王の表情は真剣なものに切り替わり、眉根を寄せて悩まし気な表情を浮かべると、瑛麻と汰一郎を瞳に映す。

『二人とも、大牛蟹を知っているか？』

意外な名前に、瑛麻は耳を疑った。

「大牛蟹って、鬼伝説の？　伯耆町民っていうか、旧溝口の人で知らない人は居ないと思うけど……」

幼い頃から、祖母の家へ泊まりに行くたび、普段は米子市に住んでいる瑛麻に寝物語として何度も語ってくれていた。

平成の大合併で、隣り合う西伯郡岸本町と西伯郡溝口町が一緒になり、鳥取県西伯郡伯耆町となった。岸本の人達には馴染みがないかもしれないが、溝口の人達にしてみれば、誇りに思う伝説のひとつだ。

第七代孝霊天皇が、鬼住山を根城にして人々を困らせている大牛蟹と乙牛蟹《おとうしがに》という兄弟の鬼達を退治する話。日本最古の鬼伝説・鬼退治ともいわれており、個人的にはもっと広まってもいい特筆ポイントだと思っている。町中には鬼の電話ボックスや鬼のトイレも作られ、鬼守橋にはリアルな鬼のオブジェもあるし、鬼の館ホールの上からは、巨大な鬼のオブジェが街並みを見下ろしている。

町が主になって鬼推しなのだ。

「その大牛蟹が、どうしたっていうの？」

疑問を口にしただけなのに、汰一郎から「こらっ」と諌められた。

「口の利き方には気をつけろ」

「なんでよ」

瑛麻がムッとすると、汰一郎は残念な存在を見るような目つきになる。

「キミは自分より立場が上のお方に、そんなタメ口で話せるか？」

「は？　そんなわけないじゃん。話す機会があるのなら、つたないながらも、しどろもどろでたどたどしい敬語を使ってお話しするわ」

だったら！　と、言葉に力を込めた汰一郎は視線を鋭くし、超がつきそうなくらい真面目な顔をした。

「この方にも敬語だ。この方は、孝霊天皇と伯耆国一番の美人といわれた朝妻姫《あさづまひめ》のご子息だ」

「孝霊天皇の？」

驚きに目を丸くし、鶯王を視界の只中に収める。

孝霊天皇と、朝妻姫の子。伯耆国一番の美人といわれる女性を母に持つのなら、鶯王の整った顔立ちと美しさには頷ける。鶯王を女性の姿にしたのが朝妻姫ならば、まさに息を呑むほどの美人だ。

鶯王の容姿が素晴らしい理由に納得はできたが、瑛麻には信じられない事柄がひとつある。なんで……と、疑問を口にした。

「どうして、孝霊天皇の息子さんが……ここに居るの？」

この地で崩御されたのは、孝霊天皇であると伝わっている。孝霊天皇が姿を現すならともかく、なぜ息子の鶯王なのか。

『そんなの……答えは単純だ。ここに葬られたのは、私なのだから』

「鶯王……様、が？」

では、鶯王が葬られた場所の上に、この円墳は造られたということだろうか。辻褄合わせで頭の中が混乱している瑛麻に、鶯王は苦笑を浮かべた。

『父君とともに、大牛蟹達の討伐に赴き……戦の最中にな、私は死んだのだ』

（死んだ？　鶯王様が……？）

気づけば、瑛麻は反射的に叫んでいた。

「ウソ！　そんなの、ウソよッ！　だって、天皇側に死者は一人も出なかったって伝わってるのよ」

信じていた土台が、足元が、ガラガラと音を立てて崩れ落ちていく感覚。何世紀も前の話がそのまま残っているはずはないと理解はしていても、信じたいと思ってしまうのが人という生き物だろう。

「んなもん、そっちのほうが権威とか、いろいろ示せるからだろ。方便だよ、方便。歪曲された伝説さ」

「そんな。私、信じてたのに……」

たとえ鶩王が語った内容のほうが事実だとしても、知りたくなかった。すぐには立ち直れないくらい、強いショックを受けている。

あきれ顔の汰一郎は瑛麻を一瞥し、失礼、と鶩王に断りを入れた。

「話が逸れました。大牛蟹が変だというのは、どのように感じていらっしゃるのですか？」

汰一郎からの問いに、鶩王は『うむ』と頷く。

『申し訳ないのだが……具体的には、ハッキリとわからぬ。だが、ここ数日……気配が禍々《まがまが》しくなっていることは確かだ。あやつの身に、なにか起こったとしか考えられぬ』

「それは、私も感じていました。だから、やつらより先に接触を試みようと、この地にやって来たのです」

『やつら？』

疑問符を浮かべた鷲王に、汰一郎は真剣な表情で「追儺衆《ついなしゅう》です」と端的に告げた。

（追儺衆？）

瑛麻にとっては、初めて耳にした言葉。キョトンとしている瑛麻とは反対に、鷲王は焦りをにじませる。

『まさか、こんなに早く……。追儺衆が動きだす案件であったか！』

話題に置いていかれるのには、いいかげん飽きてきた。それに、存在を無視されるのは本当に嫌だ。深入りするつもりはなかったけれど、こうも中途半端な情報だけを与えられては、よけい気になってしまう。

「ねぇ、私にもわかるように話して！　追儺衆って、なに？」

瑛麻の存在を思い出させるように大きな声を出してみたけれど、汰一郎はチラリと視線を寄越しただけ。鷲王も、追儺衆について語るつもりはないみたいだ。

瑛麻に対応することなく、汰一郎は真剣な眼差しを鷲王に向ける。

「俺は、ひとまず……鬼住山に登ってみます」

『あぁ。私はこの場から動けぬゆえ……。よろしく頼む』

はい！　と、汰一郎は力強く頷いた。

置いてけぼりにされたくない。その一心で、瑛麻の足は動いていた。

鶯王に強い頷きで応え、踵を返した汰一郎の背中を必死に追いかける。

(歩くスピード速すぎ！)

歩幅が広いのか、瑛麻が一歩踏み出す間に、汰一郎は三歩先を歩いているように感じた。小走りになり、ヨレヨレのTシャツをむんずと掴む。待って！　と大きな声を出すと、汰一郎は歩みを止め、グルリと顔だけを瑛麻に向ける。顔面に迫力があり、少しだけ気後れしてしまう。それでも瑛麻は自分を奮い立たせた。

「っ……一人で行くの？」

汰一郎は眉根を寄せて怪訝な表情を浮かべると、そうだが？　と、不機嫌そうに答える。

「あのっ、ねえ！　場所はわかる？　神社の前に停めてあるバイク……ナンバープレートが県外だったもの。他県の人でしょ？　私が道案内してあげる！」

「必要ない。迷ったら、地図のアプリに目的地を設定すれば辿り着ける」

「でも……！」

食い下がる瑛麻に、汰一郎は正面から向き合う。陽炎《かげろう》のように、ゆらりと苛立ちが全身からにじみ出た。

「なんだ？　言いたいことがあるなら、遠回しにではなく、ハッキリと言え。わかりづらい」

大きな声を出されたわけでもないのに、叱責されているような気分だ。少々萎縮してしまった。

瑛麻が黙り込むと、汰一郎は呆れたような半眼になり、それに……と腕を組む。

「その制服、高校生だろ。新学期早々サボりか？　学費払ってもらってんのに、こんな所で油なんか売ってないで、さっさと学校に行くんだな」

当然の指摘に、鈍器で殴られたような衝撃が体の中心を突き抜ける。鳩尾《みぞおち》をえぐるように殴られたみたいで、腹の奥が熱くて痛い。いや、腹の奥だけじゃない。耳も頬も首も、背中も足も。全身が焼けるように熱い。すぐに冷静になるなんて無理だ。苛立ちやもどかしさを発散させるように、ヒステリックな声を張り上げる。

「私だって、できることなら行きたいわよ！　でも無理なのッ」

どこまでできるか、何度も試してみた。

通学のために駅までは行ける。でも、そこから先のホームには行けない。駅のホームへ続く自動ドアを越える一歩が、なかなか踏み出せないのだ。

行こうとしたら全身の筋肉が硬直して、体の全部が心臓になってしまったかのように、ドクリドクリと鼓動が鼓膜を震わせる。毛穴という毛穴から、冷や汗と脂汗がにじみ出て、過呼吸には及ばないながらも呼吸の間隔が短くなってしまう。

自動ドアの前で佇む瑛麻を、事情を知らない誰もが追い抜いていく現実。独りだけ取り残されていくリアルが、より孤独と現実を突きつけてくる。お前なんか、居ても居なくても同じだと。なんともみじめで、存在する価値を全否定されているような気持ちが、瑛麻の全部を支配していくのだ。

ふぅ、という汰一郎の嘆息が耳につく。

「……不登校か？」

瑛麻の頭に上っていた血の気が、引き潮のようにサーッと遠のいていった。

口にしにくいことを、サラリと言う男だ。

否定できなくて、瑛麻はうつむき、グッと拳を握り締める。沈黙を肯定と受け取った汰一郎は、さらに問いを重ねてきた。

「イジメの対象にでもされてんの？」

「……違う」

今は、イジメではない。そう、今の学校では、まだなにも起こっていない。むしろ、始まってすらいないのだ。

「なるほど。じゃあ、時間は十分にあるわけだ」

ズイッと、目の前にヘルメットが現れる。そして「後ろ乗れよ」と、汰一郎の声が頭上から降ってきた。

驚きに目を丸くし、うつむいていた顔を上げ、瑛麻よりも頭ふたつ分くらい高い位置にある汰一郎の顔を視界に収める。

「……いいの？」

ワガママは通らないと思っていたから、ひどく拍子抜けした気分だ。

「なんで、そんな驚いてんの？　自分が一緒に行きたいって言ったんじゃん」

「それは……そうだけど……」

いざ許可が下りると、途端に不安が押し寄せる。ホントにいいの？　と、再度確認したい気持ちだ。

「キミには鶯王様の姿が見えたんだ。なにかの役に立つかもしれない」

（キミには？）

ということは、誰の目にも鶯王が見えるわけではないということ。鶯王の姿が見えるということは、どういう意味を持っているのだろうと、素朴な疑問が浮かぶ。

尋ねてみようとしたけれど、瑛麻にヘルメットを押しつけた汰一郎はさっさとバイクにまたがり、自分のヘルメットを頭に装着していた。それで？　と、ヘルメットを被り終えた汰一郎の顔が瑛麻を向く。

「キミの名前は？」

そういえば、まだ名乗っていなかった。

知らない人に名前を伝えるのには躊躇してしまうけれど、ここに至って名前を告げないわけにもいかない。腕の中にあるヘルメットをギュッと抱き締め、うつむきがちに名前を口にする。

「瑛麻です……」

「は？　悪《わり》ぃ、もっと大きな声で教えて。メット被ってるから、全ッ然聞こえない」

ぐぅッと息を詰めるも、汰一郎の言い分には頷ける。ヘルメットを抱えたまま汰一郎の元へ歩き、大きく息を吸い込んだ。

「瑛、麻！　ですッ。金森、瑛麻！」

「なんだよ。デッカイ声出んじゃん」

明るい声色の汰一郎は、瑛麻の短い髪を掻き混ぜるようにワシャワシャとなで回し、よしよし、と目を細めて何度も頷く。

「瑛麻、ね。呼び方は、呼び捨て、ちゃん付け、さん付け、ニックネームのどれがいい？　ちなみに、俺のニックネームはモモタロウ。汰一郎さん、でもいいけど、好きなほうで呼んでくれ」

アホ毛が立って、鳥の巣みたいにグシャグシャにされた髪を片手で整えながら、じゃあ……と前置きして選択肢を伝える。

「モモタロウさん、で。私のことは、呼びやすいように呼んでくれたら、こだわりはないです」

むしろ、自分から呼び方を指定するほうが気恥ずかしい。

「ふ〜ん……。じゃ、瑛麻で。さっさと乗れ。時間が惜しい」

バイクの後ろをポンポンと軽く叩き、汰一郎は催促する。

ヘルメットは、中学生のときに購入させられた自転車用の物しかつけたことがない。頭から被り、耳を優しく塞がれたようなフィット感に、閉塞した不安を覚えた。

スカートの下には、パンツの上に体育で使うハーフパンツを履いているから、下着が見える心配はない。足を広げてバイクの後ろにまたがった。ただ、どこを持てばいいのかわからない。所在なさげにさまよう手を汰一郎に掴まれ、グッと汰一郎の腰に回された。

「振り落とされるから、しっかり掴まってろよ！」

「えっ、あ……はいッ！」

羞恥心よりも安全を優先させ、瑛麻は汰一郎にギュッとしがみつく。見ただけではわからなかったけれど、意外としっかり筋肉がついているみたいだ。よけいな脂肪はありません、というように、Tシャツの上からでもわかる、固くガッチリとした体つき。思えば、ここまで密着した異性は、家族以外では初めてだ。意識した途端、急に恥ずかしさが加速する。

「行くぞ」

ドルゥン！　とエンジンがかかり、汰一郎がバイクを発進させた。

グンッと、全身に重力がかかる。自転車とは、まるで比べ物にならない。少しでも腕の力を緩めれば、体ごと全部後ろに持っていかれてしまいそうだ。

人生で初めて乗ったバイク。ヘルメットを被っているのに、耳元で風が轟々と唸っているような感覚がある。怖くて、しばらく目を開けることができなかった。

バイクで走る町の見え方は、車とは全然違う。じかに肌で、疾走する速さを感じるからだろうか。そして汰一郎は、一度も地図のアプリを見ることなく、目的地に到着してしまいそうな勢いだ。

楽楽福神社を出てすぐに田んぼの中の細い道を進み、国道よりも一本だけ民家寄りというか、地元民が利用するギリギリ車の擦れ違いができる生活道路をひた走る。線路を越えて郵便局を左手に、溝口駅と遊学館を右手に見て、警察の手前にある坂道は、ブルンとギアを加速させて駆け上る。踏切に引っかかることなく線路を渡り、迷った様子をいっさい見せず、民家の間に続いている道を選ぶ。

もう完璧に、頭の中に鬼住山までの道順が入っている。このまま瑛麻が口を挟まなくても、目的地にまで無事に到着するだろう。

（私、ホントに必要なかったじゃん……）

他県民の汰一郎よりは、父親の実家がある地域だから、何度も来ている瑛麻のほうが絶対に詳しいと思っていたのに。楽楽福神社で置いてけぼりにされなかったのは、ひとえに汰一郎の優しさだ。

民家の中に敷かれたアスファルトの道路を道なりに進んでいく。すると視界が開け、フェンスに囲まれた中学校のグラウンドや校舎が見えてきた。途端に、キュッと胃が縮こまる。不安に飲み込まれないように、汰一郎の腰に回している腕に力がこもってしまった。

鬼住山は、九合目付近まで車で行くことができる。しかし、汰一郎は徒歩で頂上を目指すつもりらしく、歩き専用の登山口があるほうへと向かっていた。歩き専用の登山口に向かうためには、中学校のグラウンドに沿って走る道を通らなければならない。中学校の中には入らず、近くを通るだけなら大丈夫かと思っていたけれど、認識が甘かった。

嫌な記憶が呼び起こされ、胃の痛みがマックスに近い。

中学校とは逆の向きに顔を背け、ギュッと目蓋を閉じた。舗装されていない道を走るバイクの振動にだけ意識を集中し、ほかのことは一切考えないように努める。

しばらくして、汰一郎はバイクを停止させた。

「着いたぞ。一人で降りられるか？」

「あ、え……っ、ちょっと……無理っぽい」

頑張ればできないことはないだろうけど、あと少しというところでバランスを崩してしまう未来が想像できる。

バイクに不慣れな女子高生の頭からヘルメットを脱がせた汰一郎は、エスコートをする紳士のように手を差し出し、瑛麻が降りるのを手伝ってくれた。

ふと、日本一周中と書かれている文字が目にとまる。

「日本一周してるの？」

「あぁ、便宜上な。それあると、職質受けたときとか便利なんだよ。日本中を駆け回ってんのはホントだから、ウソはついてない」

職務質問をしようと判断を下す警察官は、悪くないと思う。自分の身だしなみに無頓着そうな汰一郎は、一見するとかなり怪しい不審者だ。

ふ～ん……と汰一郎の弁解を聞き流しつつ、ふと違和感を覚えた。

「日本一周っていうわりに、荷物が少ないんだね」

少ないというより、バイクの荷台に荷物が載っていない。まぁ、だからこそ、瑛麻は後ろに乗ることができたのだが。

「うん、荷物は市内のビジネスホテルに預けてある」

「えっ！　ホテルに泊まってんの？　だったら、なんで境内で野宿なんかしてたのよ」

寝られる場所があるのなら、あんなところで寝ないでほしい。汰一郎があそこで寝ていなければ、今みたいなことにはなっていなかったかもしれないのに。

「鶯王様も仰っていただろう。大牛蟹の気配がおかしくなっていたから、俺は用心のため、あの場所に居たんだ」

「用心……ねぇ」

納得しようにも、そもそもの部分がわかっていない。

「っていうより、大牛蟹って今でも生きてるの？　というか、鬼だから生きれちゃうの？」

推定二千歳が近い鬼。鬼という存在なら、そうであっても不思議はないと思えてしまう。

「肉体は死んでも、使命を帯びている精神は残るんだ」

「精神って、心……？」

精神と心という単語の使い分けが難しいけれど、瑛麻にとって、そのふたつの言葉は同一の意味を持っている。

「心でもあるし……一種のエナジー。エネルギー体だと考えればいい」

「エネルギー体？」

エネルギー体と聞けば、光の粒子が集結し、人型を形作っているモノを想像してしまう。

「徳川家康公が日光東照宮に祀られているように。菅原道真公が天満宮に祀られているように。人間として生きていた者が、祀られて神になる思想や文化があるのが、この日本という国だということは知っているか？」

知るわけないよな……という雰囲気をまとって尋ねてきた汰一郎に、知ってるよ！と得意気に答えた。楽楽福神社の御祭神である孝霊天皇も細媛命《くわしひめのみこと》も、神という存在ではなくて元々は人間として伝えられている。人は、祀られることで神になるのだ。

汰一郎は、大牛蟹も似たようなモノであると言いたいのだろう。

「だから、肉体が死んで朽ち果てても……大牛蟹は、存在している？」

そういうことだ、と汰一郎は、無精髭が生える顔面に微かな笑みを浮かべた。

「でも、その……大牛蟹が変って、どういうこと？」

汰一郎は左右の手それぞれに、自分が使っていたヘルメットと瑛麻が被らされたヘルメットを持つ。

「神道で祀られている神には、二つの側面があるというのは知っているか？」

知らない、と素直に答えれば、説明をするようにふたつのヘルメットを肩の高さに掲げる。

「荒御魂《あらみたま》と和御魂《にぎみたま》ってんだが……同じ存在でも、与える影響が違うんだ。荒御魂というのは、神の荒々しい側面や荒ぶる魂のこと。和御魂というのは、神々の優しく平和的な側面……いわゆる、誰もが思い浮かべるイメージどおりの神様ってことだ」

「じゃあ、大牛蟹が……荒御魂みたいに、性質が変異して荒ぶってるってこと？」

汰一郎から受けた説明を自分なりに結びつけ、想像して辿り着いた答えを口にする。

すると、正解！　と汰一郎は人懐こい笑みを浮かべた。

「そうなんだよ。なんか知んないけど、大牛蟹が荒ぶってる感じなんだよなぁ」

荒ぶっているというのは、人間と同じように、機嫌が悪いだとか怒っているだとか、そんな感じの雰囲気という認識でよさそうだ。

「荒ぶるって……普通に、穏やかじゃないね」

「だよな！　しかもよ、祀られていて、荒ぶりそうなモノ達を専門に見張ってる組織があってな。どうやら、大牛蟹……そいつらに目ぇつけられそうなんだわ」

その専門組織は、日の目を見ないけど日本の平和を陰ながら支えているというような、決して表には出てこない精鋭部隊みたいな集団なのだろうか。国の裏側、裏事情に触れた気がして、少しワクワクしてしまう。

「それが、さっき話してた追儺衆？」

「まぁ……そうだな」

追儺衆と口にした途端、なにやら汰一郎はモゴモゴとした物言いに変わる。あれ？と、瑛麻は浮かんできた疑問を口にした。

「でも……そんな専門の組織があるなら、モモタロウさんが動かなくてもいいんじゃない？」

ススス……と、汰一郎の視線が泳ぐ。

「うん。まぁ、これは俺の自己満足つーか、なんつーか……」

そのぉ～と、またもや汰一郎の歯切れが悪い。

「いんだよ、その辺は気にしなくて！　要は、そいつらよりも先に俺が大牛蟹に接触して、話がしたい。対話ができればオールオッケー！　すべて解決！　オーライ？」

間の悪さを払拭したいのか、汰一郎のテンションが変だ。妙に高い。そんなに答えにくい質問だったのだろうか。

「よくわかんないけど……だから、結論は大牛蟹を見つけるってことね」

「そう。そういうこと！」

照れ隠しにゴホンと咳をひとつして、汰一郎はヘルメットをバイクに預けた。そして、山頂に鉄塔が立つ鬼住山を見上げる。

「んで、気配が強そうな鬼住山に来てみたはいいものの……。さて、困ったな」

「なにが困るの？」

さっきから質問ばかりしている瑛麻に、汰一郎は難しい表情を浮かべて腕を組む。

「ここに来て、うまく気配が掴めない。なにかに邪魔されてるみたいに、大牛蟹の気配を探れなくなっちまってる」

「だったら、捜しようがないじゃん」

自分はなにもしていないのに、ひどく落胆してしまう。

「まぁ、簡単にゃァいかんだろうと思ってはいたし。地道に歩きながら、気配を探るさ」

言い終わるが早いか、さっさと歩き始めてしまった汰一郎の背中を追いかけ、バイクにリュックを預けた瑛麻も鬼住山を登っていく。

祖母の話によれば、地元の子供達は遠足感覚で鬼住山に登るらしい。瑛麻が登ったことがあるのは、米子市にある米子城跡の城山だけだけど、舗装されていない山道を登る感覚は同じだった。緩やかに続く傾斜に、自然と息が上がっていく。

（あれ？　今、なにか……）

視界の端に影を見たような気がして、瑛麻は足を止める。

「モモタロウさ……」

　汰一郎に声をかけようとしたが、気配を探るという言葉を実行中のようで、目蓋を閉じて集中していた。

（二人で同じ場所を捜しても効率悪いし、私はあっちに行ってみよう）

　自分の中で結論づけ、影が見えたほうへと足を進める。

　登山用の道から外れると、途端に足場が悪くなった。山の中だからしかたがないが、堆積する落ち葉で滑らないように気をつけなければ。木の幹に手を添え、慎重に足を進める。ズズッと、通学用に履いているローファーの裏で、嫌な感覚をとらえた。

（ヤバッ、滑る！）

　咄嗟のことに、木の幹に掴まるのではなく、バランスを取ろうとして添えていた木の幹から手を離してしまう。ブンブンと振り回した右手が掴んだのは、導線みたいに細い蔦《つた》。

「わっ！」

　滑り落ちる勢いと瑛麻の重さに耐えきれず、蔦はプチリと儚く切れる。ドッシンとうつ伏せに倒れそうになり、反射的に両手を地面についた。湿り気を帯びている土に、湿気った葉が堆積して層になっているせいで、さらにズルッと滑ってしまう。

「ッきゃー～！」

一度ついてしまった勢いは止まらない。
ズザザザ……ッ！　と、ソリで傾斜を滑るように、鬼住山の斜面を滑り落ちていった。

二

騒々しい。まるで、白熱するスポーツ競技を応援する観客達の中に放り込まれたみたいだ。わーわー、うぉおおお！　と。ぶつかり合う鈍い金属音まですするけれど、いったいどんな種目なのだろう。

徐々に意識を取り戻した瑛麻は、ハタと正気に戻る。

(スポーツなわけないじゃん！　私、鬼住山に居たんだからッ！)

両腕に力を込めて、うつぶせに倒れていた上体を持ち上げた。意識をしっかりさせたくて、フルフルと頭を横に振る。思い切って目蓋を持ち上げると、眼前で繰り広げられている光景に目を疑った。

血まみれになりながら斬り合う男達。乱立する木の隙間をついて飛び交う無数の矢。その内の数本が、瑛麻に向かって飛んできた。

「うわっ！」

ゴロリと横転して避けるも、脇腹の際にトトトッと三本突き刺さる。避けていなければ、この三本の矢は確実に、瑛麻の背中に突き刺さっていただろう。

腹這いになって様子を窺う瑛麻の太ももに、ガッと痛みが生じる。引っかかったであろう誰かが、背中から倒れそうになって両手をバタつかせ、ドッシンと盛大な尻もちをつく。直後には叫び声とともに斬りかかられ、組んず解れつしながら転がっていき、バッと血飛沫が上がった。顔にパタタと生温かな血の滴を浴び、一気に恐怖が押し寄せる。

「あ……っ、あぁッ！」

叫び声さえもままならない。逃げなければと、本能が警鐘を鳴らす。けれど、立ち上がりたいのに、足にも腕にも力が入らない。

（なに？　ここ……戦場？）

戦車も見えず、銃弾も飛び交ってはいない。戦っている兵士達が着ている服装は、迷彩色でも軍服でもないし、履いている物はブーツではなく素足。身につけているのは、簡素な鎧と思わしき代物。手にしているのはサーベルや日本刀ではなく、古代の遺跡から発掘されたような両刃の剣《つるぎ》だ。

やや地面が傾斜していることと、両手で抱えられるほど幹の太さがある木が乱立していることから、平地ではなく山の中だと推測できた。

（もしかして、現代とは違う？）

まさか……と、現実的ではない可能性が思い浮かぶ。

（タイムスリップ……しちゃった、とか？）

たった今、目の前で起こっている出来事は、現代ではありえない光景。もしあるとするならば、古代を舞台にした映画かドラマの撮影くらいだ。

（モモタロウさんは、どこだろ）

鬼住山には、汰一郎と二人で来ていた。汰一郎も、一緒に来ているかもしれない。しかし、汰一郎を捜そうにも、ここは戦場。自分が死なないように、周囲に注意を向けることで精一杯になってしまう。

なんとか手足を動かし、近場にあった木の幹に背を預ける。ひとまず、これで背後から飛んでくる矢を気にしなくてもよくなった。

自分の荒い呼吸が、やけに大きく聞こえる。ドキドキとうるさい心臓も、このときばかりはしかたがない。木の根元にしゃがみ込み、両腕で肩を抱いて、小さく身を縮こませた。

聞こえてくるのは喚声ばかりで、汰一郎の声なんて聞き分けられない。

（モモタロウさん……無事かなぁ）

安否は気になるけれど、下手に動くと矢に当たってしまいそうだから、この場を動く気になれない。

（でも、逃げなきゃ）

どこか、安全な所へ。地道に、一本ずつでも、隣の木から隣の木へ移動しなければ。

矢が途切れるタイミングを見はからい、ダッと駆け出す。しかし、ドンッとなにかにぶつかり、尻もちをついた。

「痛った……ッ」

「痛ってぇな！」

見上げれば、胸元を押さえる屈強な大男。どうやら、走る勢いのまま、この男の胸に激突してしまったようだ。

ザンッと、瑛麻の足元に振り下ろされた剣が、地面に突き刺さる。

「きゃあぁぁぁあぁッ！」

声の限りに悲鳴を上げると、女？　という怪訝そうな声がした。右の手首を掴まれ、力任せに引っ張り上げられると、体が宙に浮く。

「変わった格好をしているな」

「ヒッ」

瑛麻の全身を観察する男の左目は潰れ、よく見れば、指の数も本数が足りない。ボサボサの髪は後頭部の高い位置でくくられ、ポニーテールみたいだ。顔には無数の火傷跡と、切り傷の痕。太く凛々しい眉に、残っている右目の眼光は射抜くように鋭い。

（やだ……怖いッ）

飛んでくる矢の中に居たときとは、違う種類の恐怖が襲いかかった。

「向こうの間者《かんじゃ》か？」

ポニーテール男は呟くも、すぐさま「まさかな」と自分で自分を否定する。

「こんな軟弱そうな女……間者なはずがない」

勝手に自己解決した男は瑛麻を荷物のように肩に担ぎ、地面に突き立てていた剣を抜き取ると、すぐさま逆手に掴む。飛んできた矢をカンッと叩き落としながら、木々の間を目にも止まらぬ速さで駆け抜けていった。

肩に担いで運ばれている間、瑛麻の抵抗はすべて無駄に終わってしまった。

足をバタつかせて暴れようにも、ガッシリとホールドされていて最大限に動かすことができない。上半身をよじって突っぱねようにも、脇の下辺りからガッチリとロックされてしまい無理だった。力強さが、並大抵ではない。なにより移動の速度が汰一郎に乗せてもらったバイクを思わせるような体感で、目を開けることすらできなかった。

振り落とされないように、大男の服をしっかり掴む。次第に走る速度が弱まり、上下に激しく揺れていた振動もなくなる。

「兄者《あにじゃ》～」と誰かに呼びかける声に、薄く目を開いた。頭を持ち上げて顔を向けると、切り株に座る大柄の男が、こちらに顔を向けている。着ている服は、瑛麻を担いでいる男とほぼ同じ。伸ばし放題になっている髪は下のほうでひとつに結ばれ、長い前髪が顔の面積を半分近く覆っていた。そのせいで、表情が窺えない。

兄者と呼ばれた男は、邪魔そうに長い前髪をかき上げて耳にかける。あらわになった顔には、刃物によるいくつもの傷痕や、無数の火傷跡が残っていた。髭に覆われた、厚めの唇が動く。

「おう、やけに重そうな拾いもんだな。それとも、さらってきたのか？」

ククッと口角を上げながら、兄者と呼ばれた男は面倒くささそうな眼差しを瑛麻に向けてきた。心外だとばかりに、違《ちげ》ぇよ！　と吐き捨てるように反論したポニーテール男は、担いでいた瑛麻を地面に下ろす。乱暴にではなく、膝裏に手を添えて支えるように、ゆっくりと。意外にも、衝撃を与えないようにという配慮がなされていた。まさしく、レディに優しい紳士の所業。見かけより、心配りと気配りができる男なのかもしれない。

「さらったなんて人聞きの悪い。あえて言うなら保護だな、保護。矢が飛び交う戦場に迷い込んできた女だ。鈍臭いったらありゃしねェ」

フーン……と、兄者と呼ばれた男は興味がなさそうに瑛麻から視線を逸らし、陣形のように地面に配されている小石を眺めた。

「戦況は、どんな具合だ？」

「あぁ、なんとかこらえてるよ。今日中に決着は無理だろうから、敵さんはまた一時撤収すんじゃねぇか」

兄者と呼ばれた男は、チッと舌打ちする。

「いい加減、諦めろってんだよ」

「まぁ……あっちの大将が皇子《みこ》だってんだから、簡単に諦めやしねぇだろ。勝ちの手土産が欲しくてしかたがないのさ」

「皇子……？」

大柄の男達二人の会話から、琴線に触れたひとつの単語。

呟いた瑛麻に、二人の鋭い視線が向けられた。兄者と呼ばれた男よりも、瑛麻の近くに立つポニーテール男の目が怖い。全身から殺気がほとばしっているようだ。

瑛麻はヒッと小さな悲鳴を上げ、ジリッ……と後退る。

「なんだ？　やっぱり、お前は向こうの間者か！」

「かんじゃ、って……なに？　私、病人じゃないわよ！」

たしかに腰は抜かしたけれど、それだけで患者なはずはない。

「はぁッ？　病人？　おかしなことを口にする女だな。こんな抜けた小娘が、間者なんて器用な真似ができるわけなかろうが。お前、もっと考えてからものを言え」

兄者と呼ばれた男の荒い口調に、ポニーテール男は嘆息つくとともに肩をすくめた。

「まぁ……そうだよな。俺も同感だよ」

もしかしなくても、バカにされている。

ムッと瑛麻が睨みつけようと、ちっとも意に介した様子はない。大男二人で、ワハハと楽しげに笑いあっている。笑い方と笑顔がよく似ているから、兄弟かなにかだろうか。

「大牛蟹さん、乙牛蟹さん！　なんすか？　そいつ」

木の影からワラワラと、片目や片足、片腕のない男達が姿を現す。手には武器を持っており、いたるところが血と土で汚れている。

瑛麻は身を強ばらせながらも、大柄の男二人のものと思《おぼ》しき名前を聞き逃さなかった。

「大牛蟹と、乙牛蟹って……」

あ？　と、兄者と呼ばれた男——大牛蟹と、ポニーテール男——乙牛蟹が、ポツリと自分達の名を呟いた瑛麻に顔を向ける。

「俺達がどうした？」

乙牛蟹の肯定を受け、パズルのピースがはまったときみたいに胸はときめき、興奮に鼻息が荒くなった。

（やっぱり、そうなんだ！）

目の前に、伝説でしか語られていなかった大牛蟹と乙牛蟹が居る。

(でも……)

探るように、瑛麻は乙牛蟹の頭を凝視した。

「……角が、ない」

鬼といえば、鬼の館ホールの屋根に座すオブジェのように、チリチリの髪に二本の角を生やしているイメージだ。さらには腰巻に、金棒を手にしていれば、まさしくそれ。結ばれている髪の中に、うまく角を隠しているのだろうか。

「は？　角？」

「牛や鹿ではあるまいし。そんなもの、生えているはずがない」

瑛麻の呟きに乙牛蟹は素っ頓狂な声を上げ、大牛蟹は静かに正論を述べる。

(ってことは……鬼、じゃない？)

乙牛蟹の頭から目を離さず、瑛麻は首を捻った。

これでは、退治というより討伐。人対人の戦じゃないか。

(鬼じゃないのに、退治されているということ？)

大牛蟹と乙牛蟹が鬼だと信じたくて、さらなる探りを入れた。

「あなた達……人間？　鬼じゃないの？」

「当たり前だ！　人間以外の、なんに見える？」

乙牛蟹は眉根を寄せ、心外だと言わんばかりに、血走る白目が覗くほど、大きく目を見開いた。ギョロリと見下ろされれば、鬼面に睨まれているような心境になる。

見た目だけは、十分に鬼だ。

「お嬢ちゃん。俺達はな、出雲族の民だよ」

大牛蟹は立ち上がり、土を落とすようにパンパンと手を払った。

「元は、もっと西のほうに住んでいて……大和のやつらと戦になるからって、兵として掻き集められてよ。巡り巡って、今ここに住み着いてるってわけだ」

「最初は俺達……兄者や俺と、同じ集落出身のやつらとで少人数の集団だけだったんだけど、なんか知らんが……どんどん増えてってな」

あとからワラワラと姿を現した男達を眺めながら、乙牛蟹は苦笑する。

「今じゃ、浮浪者みたいな連中も住み着くようになってよ。里の連中からは、山の民なんて呼ばれ始めてるし。一応な、山と里の治安も守んなきゃで、兄者と俺が上になって面倒を見てやってるんだ」

乙牛蟹の説明を聞いていると、ホームレスとして暮らす人々と状況が重なっているように思えた。みんなそれぞれに行く場所がなくなり、さまよい歩いて、鬼住山へと流れ着いたのだ。

「初めの頃は、ここの村人達とも良好な関係を築けてたんだけどなぁ」

大牛蟹は乙牛蟹の隣に並び立ち、懐かしむように天を仰ぐ。

「あの頃は……狩った獣と、稲や野菜を物々交換したりしてたんだよ。だけど人数を抱えれば抱えるほど、統率が取れなくなってきて、勝手をする連中が増えてきちまいやがった」

「そんで、こらえきれなくなった村人達が訴えちまって、討伐という名目で攻め込まれてんの」

諦めの境地に立っているのか、乙牛蟹は頭を抱える代わりに、手の平で額を擦っている。やるせなさや、無常感が伝わってきた。

「そんな……。一部のためだけに攻め込まれるって」

話し合いでなんとかならなかったのだろうかと、単純な瑛麻は思ってしまう。

「戦の始まりなんて、そんなもんだろ」

「一部のせいで、全部が悪になるんだ」

でも……と、大牛蟹が乙牛蟹の言葉を引き継ぐ。

「だからといって……簡単に死んでやるわけにはいかない。俺達だって、生きていたい。だから戦ってるんだ」

これは生きるための戦だと、大牛蟹の雰囲気からヒシヒシと伝わってくる。

誰だって、死にたくはない。普通はそうだ。生きていたいと、生に執着している。

瑛麻も、そうだった。戦の場において、死にたくないと必死に逃げた。自分が、そこまで生に執着しているとは、自覚していなかったけれど……。

「ところで……大牛蟹さん。その変わった格好の女、なんなんすか？」

遠巻きに眺めていた男の一人が、下卑た笑みを浮かべながら瑛麻に近づいてくる。舐めるような視線が気色悪い。虫が這《は》うように、ゾワゾワと嫌な感じがした。

「おい、手ェ出すなよ」

乙牛蟹は瑛麻の肩を掴んで抱き寄せ、牽制するように声を低くする。

「俺が連れてきた女だ。わかってるだろうな」

「へいへい、わかっとりますよ。ただ、あとからお零《こぼ》れに与《あずか》らせてくださいな」

「あ？」

すごみを利かせた乙牛蟹のひと睨みで、男は押し黙る。そしてすぐさま、へヘッと媚びた笑みを浮かべた。

「冗談ですよぅ。冗談～」

「バカ野郎！　まだ戦は終わってないんだ。報告することがねェなら、さっさと加勢に行きやがれ」

「つい今しがた、撤収して行きやしたよ。その報告でさァ」

「だったら、十分に体を休めて次に備えとけ！」

わかったかッ！　と乙牛蟹にドヤされ、男達は「ひ〜」「おっかねぇ」と軽口を叩きながら立ち去っていく。乙牛蟹も男達も、無邪気な笑みを浮かべている。きっと、これが彼らの日常的なやり取りなのだろう。

「まったく……軽い連中だ」

「まぁ、悪いやつらじゃないんだ。ただ、根が不真面目なんだよ」

あきれた様子の乙牛蟹に向けられた大牛蟹のフォローが、フォローになっていない。

なんだか気が抜けて、瑛麻はふふっと笑ってしまった。

「それで？　変わった格好のお嬢ちゃんは、いったいどこから来たんだい？」

大牛蟹からの問いかけに、本当のことを答えるべきか、しばし悩む。

嘘の情報を伝えたところで、瑛麻にとって利点はない。むしろ、今のように、大牛蟹や乙牛蟹に守ってもらえるほうが得のように思える。汰一郎と合流できないからこそ、誰かほかに頼れる人が欲しかった。ならば、信じてもらえるかわからないけれど、真実を話すべきだ。

覚悟を決め、胸の前でギュッと手を握り締める。

「わ、私は……。この時代の、人間じゃない……です」

チラリと様子を覗き見れば、互いに顔を見合わせている大牛蟹と乙牛蟹。

それはそうだろう。瑛麻だって、突然目の前に現れた鷲王を受け入れるには、少しばかり時間を要したのだから。

沈黙に耐えられなくて、瑛麻の視線が泳ぐ。ザリッと砂利を踏む音が聞こえ、音がしたほうへ顔を向けた。移動してきた大牛蟹が膝を折り、瑛麻の顔を下から覗き込んでくる。不思議と、怖い感じはしなかった。

「名前は？」

「……瑛麻、です」

小さな声で名を告げると、大牛蟹は強面に慈愛のこもった笑みを浮かべる。大牛蟹の浮かべる笑みは、頼りがいがある大人の男みたいな、余裕のある印象を与えた。

「瑛麻か。可愛い名前じゃねぇか」

大きな手が伸びてきて、ポンッと頭に乗せられる。

「ここはな、来る者は拒まぬ。好きなだけ居るといい。ただ、戦の最中だ。命の保証はしない。わかったな」

諭すように話す大牛蟹の姿が、瑛麻には意外だった。もっと粗野で、乱暴で、ガキ大将がそのまま大人になったようなイメージを持っていたから。

（人って、見かけによらないなぁ……）

取って食われるかと思ったけれど、そんなこともないらしい。

大牛蟹は瑛麻の頭に手を置いたまま立ち上がり、乙牛蟹を振り向き見る。

「乙牛蟹、面倒見てやれ」

「おう、任せろ」

腕を組んで大牛蟹と瑛麻のやり取りを見守っていた乙牛蟹は、嫌がることなく快諾してくれた。

最初は一緒に居ることが不安だったのに、今は乙牛蟹が行動を共にしてくれるのかと思うと、どこか心強くて安心できる。

よろしくお願いします……と、瑛麻はペコリと頭を下げた。


大牛蟹と乙牛蟹が根城にしている山。それは間違いなく鬼住山だ。瑛麻は二十何世紀も前の鬼住山に居る。

山の中には木材や藁を使って数戸の竪穴住居が建てられ、里の人達から山の民と呼ばれている人々は、ここで質素に暮らしているみたいだ。

戦の最中だというから、もっと殺伐としているのかと思っていたが、そうでもないらしい。普通に、本当に、普通に生活している。

竪穴住居の中心で炎を踊らせる囲炉裏の傍に座り、叩いて固められた土に触れてみた。ヒンヤリと冷たいけれど、どことなく温かい気がする。

「ほら、飲めよ」

乙牛蟹が手にしているのは、少しだけ縁が欠けてしまっている素焼きの器。歴史資料館みたいな場所に展示されていそうな、手の温もりを感じる素朴な一椀だ。

「……ありがとう」

両手で受け取り、ついでに疑問を口にしてみる。

「ねぇ……どうして、みんな……こんなに落ち着いてるの？」

瑛麻にとっての戦は、テレビや漫画で得た知識くらいしかない。血飛沫が上がれば見なくてすんだ。漫画で絵面がおどろおどろしくても、読み飛ばしてページをめくれば次に進めた。見たくなかったら、見なくてすむ世界だったのだ。

「うわぁ……」と目を閉じて顔をしかめ、テレビのリモコンでチャンネルを変えれば
でも、ここでは……さっき瑛麻が巻き込まれたような戦闘と隣り合わせでいるのが日常。それなのに、暮らしぶりを目にしただけだと、普通なのだ。なんとも普通の、日常を送っているように見受けられる。

「どうして落ち着いてるのかって聞かれても……この戦が始まって、かれこれ十年近く経つ。だから、これが日常なんだ」

「えっ、十年？」

体感的には、鬼住山に天皇軍が攻め込んでから、まだ数ヶ月くらいしか経過していない感じがしていた。

十五年戦争といわれる満州事変と日中戦争、太平洋戦争では、国も民も疲弊していた印象が強く植えつけられている。大牛蟹や乙牛蟹達は、それに匹敵する十年を戦い抜いているということだろうか。

黙り込んでしまった瑛麻を見て、乙牛蟹が少し慌てて訂正する。

「あっ、十年間ずっとここで戦ってるわけじゃないぞ。俺達が戦に駆り出されるようになった、きっかけの出来事が起きてしまったのが十年前。出雲族の王が、孝霊天皇に仕えさせていた出雲族の女官を一方的に殺害されたって腹を立てちまったらしくてな。あちらさんも最初は話し合いを模索してたみたいなんだが、全然聞く耳持たなかったらしくてよ。埒が明かなくて開戦さ」

「そんな……ッ！」

きちんと話し合いがなされていれば回避できたかもしれないという殺し合いに、怒りを覚えた。しかし、王といえども所詮は人間。感情で動くこともあるだろう。

争いが起こる原因は、昔も今も大差ないみたいだし。それでも、話し合いで歩み寄ることができたなら、人の命を犠牲にする戦なんか起こらなかったかもしれない。

（あ、違う……）

即座に、自分の甘い考えを否定した。

話し合いをしても、歩み寄れないことがあると、自身の体験をもって知っている。

何度となく話し合いを重ねても、意思の疎通がうまくできなければ、和解もなにもない。自分の気持ちを伝えても、相手にはそのとおりに伝わらず、切々と想いを語っても受け取ってもらえない。そんな、自分ではどうしようもない、歯痒くてたまらないもどかしさを思い出す。

（なんて、無為な時間だったんだろう）

当人同士だけで話し合えば解決するだろうと、場を設けるだけの仲裁人なんて、自分の責務を全うしない怠け者と同じ。そんなのはただ、自分の責務を全うしたと悦に入っているだけ。仕事をしたつもりになっているだけだと瑛麻は思う。面倒事に付き合いたくないとか、厄介な事案に巻き込まれたくはないという、そんな心理が作用しているような気がする。

乙牛蟹は瑛麻の左隣に腰を下ろし、前髪を上げて潰れている左目を指差す。

「俺達、元は野たたらを生業としてたんだ」

「たたら……！」

たたらとは、砂鉄製錬技術のこと。現代では、砂鉄と木炭を原料として、粘土製の炉の中で燃焼させることによって鉄を生産する《たたら製鉄》という言葉のほうが、耳に馴染みのある人が多いかもしれない。本格的な《たたら製鉄》は古墳時代に伝わったとされているが、小規模なたたらは、この時代から営まれていたのだろう。

「この目は、戦で失ったんじゃなくて、たたら関連の作業中に失ったもんだ。ほかにも五体が満足じゃない仕事仲間や集落の連中も、男だから、戦に勝つためだからと駆り出されてな……」

言葉が尻すぼみになったかと思うと、乙牛蟹は微かに自嘲した。

「自分が死にたくなくて、何人も殺して、仲間も殺されて……もう嫌気が差してここに引っ込んだけど、さっきも兄者が言ったみたいに、統率が取れなくなってこのざまだ。兄者が指揮を執って村々を襲わせてるって勘違いされたまま、引くに引けず今に至る」

乙牛蟹は諦めたように嘆息し、両手で顔を覆うと、力なく肩を落とす。

「戦で殺し合うのが嫌になって逃げてきたのにな。今回は、逃げられなくなっちまった。バカらしくて笑えてくるぜ。っとに、不甲斐ない……」

乙牛蟹の声には、悔しさがにじむ。

「この場所で戦になった、責任を感じてるの？」

だとすれば、なんて責任感の強いことだろう。頭領としてまとめる立場にある大牛蟹と、大牛蟹をサポートする立場にあるであろう乙牛蟹だから、そういった不甲斐なさも感じやすいのかもしれない。

「もう少し上手いやり方があったんじゃないかとか、さっさと元凶になったあいつらを追放しとけばよかったとか。いろいろ考えるさ。まぁ、だけど」

そればっかりじゃなく……と、乙牛蟹は指の本数が足りない自分の手を見つめた。

「きっと、里の連中は怖がって……不気味がってんだよ。俺達の容姿を」

「容姿？」

キョトンとする瑛麻に、乙牛蟹は苦笑を浮かべる。

「忘れたのか？　瑛麻も悲鳴を上げてたろ」

俺を見てさ、と乙牛蟹は左目を指差した。

たしかに、悲鳴は上げていた。だけど……と、瑛麻は反論する。

「それは……しかたないよ。だって急に、わけもわからず、気づいたら戦の真っ只中に立たされてたんだもん。悲鳴くらい上げるよ。九死に一生だったんだから」

決して、乙牛蟹を見て上げた悲鳴ではない。でも、驚かなかったかと言えば、ウソになる。けれど、それは乙牛蟹に伝えてはならない内容《こと》だ。自分ではどうすることもできない見た目に対して偏見を持たれるのは、とても堪える。

瑛麻の態度はわかりやすく、今心に浮かんでいる葛藤はバレバレだろう。でも口に出さなければ、自分で肯定はしていないと言い張れる。そうだと、言い張りたかった。

なぜなら、自分が偏見を持つ人間だと……思いたくなかったから。詰まるところは自己保身。だけど、偽善でも、いい人でありたい。

乙牛蟹の大きな手が、頭にポンッと置かれる。

「怖い思いさせて、悪かったな」

謝罪を口にした乙牛蟹の声音が意外にも優しくて、不意を突かれてしまった。厳つい大柄な男の優しい姿なんて、ギャップ萌えでしかない。心なしか、耳の辺りが熱い気がする。

（大人の男の人に頭ポンッてされるの……慣れないな）

父親に頭をなでられた記憶は、小学校の中学年くらいが最後だっただろうか。

頭に生じる重みと、感じる温もりが心地よい。

こそばゆい気持ちを胸に抱きながら、乙牛蟹からソッと目を逸らし、手にしていた器を傾けて常温の水を口にした。液体が喉元を通り過ぎると、タイミングを計ったかのように、ぐぅう……と腹が鳴る。

（そういえば、今って何時なんだろう？）

いつもどおり朝ご飯は食べたから、今みたいに腹の虫が主張し始めるのは午前十一時が過ぎた頃。普段なら、早めの弁当を食べている時間帯だ。

「腹が減ったか？」

うつむいていた顔をヒョイと上げれば、笑いを噛み殺している乙牛蟹の姿。どうやら、瑛麻の腹が鳴った音は、しっかり聞こえてしまっていたみたいだ。

「今って何時くらい？」

「何時？」

乙牛蟹に問い返され、時計で時間を見るという概念がないのか、と思い至る。

「えっと、食事をするのは……どれくらいなのかなぁ……と」

「あぁ、そうだな。太陽の角度からして、そろそろだと思うが」

乙牛蟹は顎をさすり、眉根を寄せる。

「なにか食べさせてやろうにも、ここには食いもんが少ないからな……。まだ空腹には耐えられるか？」

「ん？　うん。まだ空腹の極みではないよ」

「じゃ、少し待ってろ」

乙牛蟹は立ち上がり、笹団子を持ってきてやるよ、と歯を見せて笑った。


時計がなくて不便に感じる日が来るなんて、思いもしなかった。

一分は六十秒。一日二十四時間。生まれ落ちた瞬間から、刻《とき》に支配されて生きている。それは基準であり、集団で社会生活を円満に送っていくための指針。文明社会で生きている人間にとっては、時間こそが唯一無二の絶対的な支配者だ。

（時計が欲しい……）

瑛麻は前を歩く乙牛蟹の背中を眺めながら、あとどれくらいの時間を歩き続けなければならないのかと、気が遠くなり始めていた。

頂上から麓までは片道二十分か二十五分くらいで辿り着けたはずだが、今この瞬間、何分経過しているのかわからない。鬼住山の山頂付近にある大牛蟹や乙牛蟹達の住む竪穴住居を発って、五分以上歩いていることは確かだけど、麓まであと何分で到着するのか把握できなくて終わりが見えない。だんだん、ゴールの見えないマラソンを走っているような気持ちになってきていた。

乙牛蟹は歩くペースを合わせてくれているけれど、登ってきたときの速さを知っているから、瑛麻の遅さに痺れを切らしてもおかしくない。勝手な被害妄想を浮かべてしまい、自らが生み出してしまった変なプレッシャーが重くのしかかる。

真綿で首を締めるようなストレスから解放されたくて、瑛麻を気にかけている乙牛蟹に先を促した。

「ねぇ……私あとで追いつくから、先に行っていいよ」

乙牛蟹は足を止め、怪訝な表情を浮かべる。

「そうは言っても、山の中で迷われたら困るんだが」

「大丈夫よ。道なりに行けばいいんでしょ？　そこまで方向音痴じゃないわ」

道なり、とは言ったものの、現代のように道とわかるように整えられているわけではない。獣道のように、何度も人が通って形成された自然の道。一度通っただけでは、まず間違いなく、乙牛蟹達が住まう住居の場所まで帰ることは難しい。でも、一人で上まで戻るのではなく、麓で乙牛蟹と落ち合うのだ。帰りの心配はない、と思う。

意気込みを伝える瑛麻に、乙牛蟹は「そうかぁ？」と疑惑の眼差しを向ける。だから、より必死に訴えた。

「大丈夫！　乙牛蟹さんとはぐれたら、私の安全は保証されないもの。必ず合流してみせるから」

「……じゃあ、悪いけど先に行くよ。急がねぇと、もうすぐあいつらが通る頃合いだ」

あいつら、というのが誰を示す言葉なのかわからず、首を捻る。乙牛蟹は「あ〜なんだ……」とバツが悪そうに頭を掻き、瑛麻から顔を背けた。

「笹《ささ》苞《と》山《やま》に向かう里の連中だよ」

笹苞山とは、鬼住山と隣り合う山。標高は同じくらいだけど、ほんの少しだけ、笹苞山のほうが鬼住山を見下ろしている。

だから伝説によれば、大牛蟹達を見下ろすように、孝霊天皇軍は笹苞山に陣を敷いていたらしい。

「たしか、標高が高くて食べ物の調達が難しいから、村の人達が運んでくれてたんだよね」

「お、なんだ。あいつらのこと知ってたのか」

乙牛蟹は意外そうに目を丸くした。しまった！　と、自分の発言を後悔する。本来なら、瑛麻は知らない内容なのに。

（なんで知ってるかとか、追求されちゃうかな？）

手に冷や汗を握るも、その心配は杞憂に終わる。乙牛蟹は気にした様子もなく、笹団子のおいしさに想いを馳せていた。

「団子に笹の香りが移って、何個でも食えるんだよなぁ」

現代で食べることができる笹団子と、同じような代物なのだろうか。チマキや柏餅のモチッと感が思い起こされ、ジュワッと口の中に唾液が溢れ出る。

（やだ……さらにお腹が空いてきちゃった）

無心になって歩くことで忘れようとしていた空腹感に、体の主導権を握られてしまう。スカートのポケットに飴玉でも入れておけばよかったと、ありはしない「もしも」を空想してしまった。

「瑛麻は笹団子、食ったことあるか？」

「この時代の笹団子は、食べたことないなぁ」

ん？　ちょっと待て、と瑛麻の冷静な部分が活動を始める。

（乙牛蟹の死んだ原因は、なんだったっけ……？）

伝説によれば、一人で笹団子を取りに出てきたところを矢で射られて死んだはず。

（それって、もしかして……今のこと？）

もしそうなら、瑛麻はどうしたらいいのだろう。

乙牛蟹と知り合ってしまった。しかも、意外と面倒見がいい兄貴肌。不審者でしかない瑛麻にも、よくしてくれている。

（私は、乙牛蟹さんに……死んでほしくない）

歴史を変えてしまうかもしれないと思いつつ、歩き出そうとしていた乙牛蟹の腕を咄嗟に掴む。

「笹団子じゃなくていい！　なにかほかの……木の実とか、なんか、そんなのでいいよ。麓に行くのはやめにしよ」

「なんだ？　そんな必死になって。食ったことがないから心配なのか？」

「違うよ！　ほら、あっちの兵達は撤収したって報告されてたけど、もしかしたらまだ残ってるかもしんないじゃん。そんなところにノコノコ行くなんて、自殺行為だよ。ね、やめにしよッ！」

「だーいじょ〜ぶだって。心配性だなぁ。俺が狙われるようなヘマするかよ。さっさと行って素早くかっさらってきてやるから」

心配するな、と乙牛蟹は瑛麻の手を優しく解く。

「でも……！」

「うまいぞ。楽しみにしてろ」

「乙牛蟹さん！」

瑛麻が呼び止めるのも聞かず、乙牛蟹は風のような速さで走りだす。

乙牛蟹を追って麓に行くなんて、そんな提案するんじゃなかったと、とてつもない後悔が押し寄せた。瑛麻も全力で山を駆け下りるけれど、乙牛蟹の姿はすでに豆粒ほど。追いつけるわけがない。

（お願い、無事でいて……！）

乙牛蟹が絶命する日は、今日でありませんように。そう、心の底から真剣に願っていた。

脇腹が痛い。こんなに頑張って、長い距離を走ったのは久しぶりだ。

持久力なんて必要ないと思っていたけれど、今は想いに追いついてくれない体力が疎ましくてしかたがない。短いスパンで口を開けて呼吸をするから、乾燥して喉も痛いし、体が重い。歩きたくなるけれど、乙牛蟹の安否が気がかりで、懸命に足を動かした。

木々の間を抜け、ようやく麓に辿り着く。

すでに到着している乙牛蟹との、タイムラグはどれくらいだろう。

（いったい、どこに……）

サッと周囲に視線を走らせ、状況を把握しようとする。視界の右端に、佇む乙牛蟹の背中を見つけた。

（よかった！）

間に合った、と安堵の笑みが浮かぶ。

名を呼ぼうとした瑛麻の目の前で、ドサリと崩れ落ちる乙牛蟹。考える間もなく体が勝手に反応し、気づいたときには山の中から飛び出して、ピクリとも動かない乙牛蟹に駆け寄っていた。

息を詰め、目を見張る。

乙牛蟹の首に、矢が貫通していた。遠目からでは死角となり、見えていなかったのだ。

「あ……っ、い……や」

乙牛蟹のかたわらに両膝を突き、ユッサユッサと巨体を揺らす。

「乙牛蟹さん！　乙牛蟹さんッ！」

どれだけ激しく揺さぶろうが、反応がない。

矢が貫通する傷口からは、袋から液漏れする汁みたいに、血液が静かに流れ出ている。口の端からはタラリとペンキみたいな赤い血が垂れ、目を開いたまま絶命していた。

見ている世界から色が消え、目の前が真っ暗になったみたいだ。手の平にベッタリと付着した生温かい血液だけが、異様に赤い。

「うっ、わ、ぁあああ！　ああぁぁぁああぁッ！」

絶望した気持ちが、叫びに変わる。

（どうしよう、私のせいだ！）

瑛麻に笹団子を食べさせようと思わなければ、今日という日の絶命は避けられたかもしれないのに。

（どうしよう……どうしよう！）

落ち着かなければと思うのに、頭の中は大混乱。錯乱していないだけ、まだ少しマシなのかもしれない。けれど、やはりパニックは起きていて、今この瞬間になにをしなければならないのか判断ができないでいる。

「怪しいやつめ！」

撤収したと報告されていた、天皇側の兵達だろう。いつの間にか瑛麻の周りはグルリと囲まれ、鋭利な武器が向けられていた。

兵の壁のさらに先には、瑛麻や兵達を遠巻きに野次馬している人々の集まり。身なりから判断して、おそらく一般人。それぞれが、食べ物の載った器を手にしていた。多分、この人達が……乙牛蟹の言っていた、里の連中なのだろう。互いに寄り添い合い、恐怖の念を全身からにじみ出させ、汚物を見るような眼差しを向けてくる。

「おい、なんだその格好は！　お前も物の怪か？」

そうだろう！　とドスの利いた声ですごまれながら、遠慮の欠片もなく髪の毛を掴まれた。

「やっ、痛いッ」

「その声……女？　髪の毛を切って、人であることを辞めた類か」

「はぁッ？　人を辞めたとか、なにふざけたこと言ってんの？　いいから離してよ！」

理不尽に腹が立ち、反論しながら男の手を解こうとするが、力の差は歴然。どれだけ力を入れて指を食い込ませても、男の手はびくともしない。

「やめぬか！　女に手を出すことは許さぬッ」

聞き覚えがある声に、瑛麻の双眸はそちらを向く。地位が高そうな物言いをする声の主は、ほんの数時間前に知り合った人物。

「鷲王様……」

瑛麻が名を呟くと、鷲王はヒョイと眉を上げ、不思議そうな表情を浮かべる。

「む？　私のことを知っておるのか？　どこかで会ったことがあっただろうか……」

顎に手を当てて考え込む姿に、楽楽福神社で出会った鶩王の姿が重なった。

(この年齢のまま……亡くなった当時の姿のまま、二千年近くもあの場所から離れられないでいるのかな)

悠久とも言える時間だろう。どんな気持ちで過ごしていたのか、想像してみようとしたけれど……やめた。今は、それどころではない。

鶩王は記憶を辿ることを諦めたようで、申し訳なさそうに眉を八の字にする。

「すまぬが……どこで会ったか、さっぱり思い出せぬ。もう一度、名を教えてもらえぬだろうか」

「瑛麻……って、言います」

あえて、名字は名乗らなかった。この時代に名字の概念があるかわからなかったし、身分の高い高貴な人しか名字を名乗れないかもしれない。そんな機転が利かせられた自分を褒めてやりたいくらいだ。

「瑛麻か。変わった服装をしておるな。それに……」

哀れみを込めた眼差しが、瑛麻の髪に向けられる。

「切られたのか？」

「いえ。私の生まれた時代では、普通のことです。ファッション……オシャレのひとつなんです」

それに……と、かたわらに立つ男を軽く睨みながら続ける。

「髪を切ったって、物の怪にはなりません！」

きっと、概念の問題なのだろう。

髪は神と同じ発音で通じているだとかで、信心の対象となっているのかも。髪を切るということは、神を斬ることと同義に扱われている可能性だってある。

この時代の人達にしてみれば、神である髪を切って短くしている瑛麻は、神を冒涜している……人ではない物の怪だと判断が下されるのだろう。

「物の怪ではないだって？　コイツに……鬼である乙牛蟹に駆け寄って、心配していたじゃないか！」

瑛麻に暴力をふるった男は、足元に横たわる乙牛蟹の骸《むくろ》を踏みつける。頭にカッと血が上り、男の足を押し退けた。

「なにすんのよ！　乙牛蟹さんも鬼じゃない。正真正銘の人間だわッ」

「こんな見てくれになってんだから、鬼だよ、鬼！」

見てみやがれ！　と、男は乙牛蟹の左手を掴む。

「なくなった指だ。それに、ほら……目も！　目がなくなってるッ！　それでも、こいつは生きてた。人間とは生命力が違うってことだろ。だから鬼なんだよ！」

違う！　と反論がしたかったけれど、この時代の人達と、瑛麻の常識は違う。医療が発達した現代と、根本が違うのだ。

「かわいそうに……。乙牛蟹や大牛蟹と長く行動をともにして、洗脳されてしまったのかもしれない」

再び哀れみのこもった眼差しを鷲王から向けられ、腹の底から焼けていく気がした。

「瑛麻。そなたを保護しよう。さぁ、ついて参れ」

鷲王は微笑を浮かべ、ゆったりと落ち着いた所作で踵を返す。ゆとりが育ちのよさと威厳を感じさせ、皇子であるのだと改めて実感させられた。

「どうした？　歩けぬのか？」

動こうとしない瑛麻に、鷲王は心の底から不思議そうな表情を浮かべる。自分の提案が受け入れられないとは、微塵も思っていないような雰囲気だ。

（現代の鷲王様と、なんか……ちょっと違う感じがする）

違和感の正体はわからない。けれど、ハッキリとしていることがひとつある。

それは、瑛麻の身の振り方。大牛蟹側の人間が一人も居ない今、鷲王の提案に従うしかないだろう。

ザシャッと、地面に物が投げつけられたような音を聞き取り、勢いよく顔を向ける。男が、掴んでいた乙牛蟹の腕を、汚い物を投げ捨てるように放ったのだ。

「――ッ！」

怒りに身を任せて殴りかかろうとしたが、動き出す寸前……まるで瑛麻の出鼻をくじくように、鶯王の手が眼前に差し出される。ピクリとも動けずにいると、鶯王の豆だらけの手が、ソッと優しく瑛麻の手を取った。安心を与えるような微笑を浮かべたまま、わずかに力を込めて手を握る。

「アレは、気にせずともよい。さぁ、行こう」

（アレって、そんな……）

鶯王には、ちゃんと乙牛蟹を人として接してほしかった。鶯王なら、人として扱ってくれるものだと、勝手に思い込んでいたのだ。

（私、信じてたのに）

単なる瑛麻の幻想であったにもかかわらず、一方的に寄せていた期待を裏切られ、鶯王の乙牛蟹に対する態度にショックを隠しきれないでいた。

錆びついた鉄みたいな臭いが、ずっと瑛麻の鼻につきまとっている。

臭いの発生源は、瑛麻の両手。乙牛蟹の体を揺すったときにベッタリとついた血が、カピカピになったペンキみたいに、手を赤に彩ったまま乾いてしまっている。

（気持ち悪い……）

今すぐにでも、手が洗いたかった。けれど、現代のように水道の設備など整っていない。両手を擦り合わせて、少しずつこそぎ落としていくことしか、なすすべがなかった。瑛麻の前後と左右には、武器を手にした兵が配置されている。血を落とす動きが怪しいと受け取られないか、そこが少し心配だった。

数百メートル先には、瑛麻が知る姿とは違う形の日野川が流れている。なぜ、その川が日野川と判断できたのか。それは、単に鬼住山の位置から判断してのことだった。地形に変化はないけれど、普段から目にしている建物がないだけで、まったく知らない場所に思える。

通る道も、もちろん瑛麻の知らない道。かろうじてわかっているのは、日野川の流れに逆らって歩いているから、米子側には向かっていないということ。

（どこまで歩いてくんだろ？）

もし、鬼住山から天皇軍の陣が敷かれている笹苞山の陣まで歩くのだとしたら、結構な距離だ。標高三〇〇メートル級の山をもう一度登る体力なんて、瑛麻には残されていなかった。鬼住山の斜面を瑛麻なりの全力で駆け下りたから、すでに足がプルプルと悲鳴を上げ始めている。平地でさえも足が重たくて、キビキビと歩くことができない。亀のような速度でノロノロとしか歩けず、鶯王が率いる兵の集団の中から、かなり遅れていた。

「おい、もう少し速く歩けないのか？　お前に合わせていると、どんどん離されてしまう」

瑛麻が逃亡を企てないようにと四方を囲む、兵達の視線が痛い。

「これが、今の私の最速ですぅ」

ブスッとした表情で不機嫌に答えると、チッという舌打ちが聞こえた。舌打ちされたところで、気力と体力が回復するものか。フンッとそっぽを向くと、矢筒を背負い、肩に弓を通した屈強な男が立っていた。

「なんだ。まだこんな所を歩いていたのか」

「大矢口命《おおやぐちのみこと》様！」

兵達の声に緊張が走る。

「鶯王様は、とっくに到着されてしまったぞ」

「いや、それが……これ以上は速く歩けないって言うんですよ」

困り顔の兵は、すべての責任を瑛麻に押しつけるつもりらしい。よほど、叱られることが嫌なのだろう。

大矢口命は、眼光鋭く瑛麻を見下ろした。

向けられた視線に、ビクリッと肩が揺れる。この時代の人達は、目で人を殺す手練《てだれ》が多いのだろうか。現代では、ほとんどできない経験だ。

「女、歳はいくつだ？」

なんで年齢なんか……と疑問に思ったけれど、答えないわけにもいかないらしい。無言の圧力が空気をピリリと緊張させた。

「……十五歳」

「十五か。もう大人じゃないか」

見た目と年齢が一致しなかったのか、大矢口命は眉根を寄せつつ、ちょいと目を見張る。兵達も「えっ」と驚きの表情を浮かべた。

「もっと子供だと思ってたぞ、俺……」

後方に居た兵の囁き声が耳に届き、ムッと不機嫌が顔を出す。年相応に見えないくらい幼いと思われていたなんて、心外だ。

「ならば、肩に担ぐのは失礼か」

言うが早いか、大矢口命は瑛麻の二の腕辺りに右腕を回して抱き寄せると、膝裏に左腕を添えて横抱きにした。いわゆる、お姫様抱っこだ。

「えっ！　ちょっと、降ろしてよッ！」

「うるさい。大人しく抱えられていろ」

大矢口命の迫力に負けて言葉を失い、ぅぐ……ッと口をつぐむ。瑛麻が抵抗することを断念したと判断し、行くぞ、と兵達をうながした。

歩くたびに、大矢口命の腕にかかっているであろう負荷が気になる。遠慮気味に、大矢口命の様子を窺いながら口を開いた。

「あのっ……重たいでしょ？　自分で歩くから、降ろしてください」

「ダメだ。あんな速度で歩かれていては、日が暮れてしまう。それに、重さは気にするな。この程度でへこたれるような、ぬるい鍛え方はしておらん」

軽いわけではない、と暗に言われていると受け取っていいだろう。

それでも一度は、してもらってみたいと憧れ、夢見ていたお姫様抱っこ。まさかこんな形で実現するとは思わなかった。

ドキドキした気持ちと気恥ずかしさが入り交じり、ギュッと両手を握り締めて身を固くする。すると再び、もぁん……と意識の中に入り込んできた錆びた鉄の臭い。鼻につく血の臭いに胸の奥が苦しくなり、目頭が熱くなってくる。

(乙牛蟹さん……)

あの場所に放置されたままの乙牛蟹の骸は、どうなっているだろう。

弟の変わり果てた姿を目の当たりにした大牛蟹は、きっと平静ではいられない。怒りの矛先は、必ず天皇軍に向くはずだ。これからいっそう、より戦いは激化していくのだろう。

(なんで、過去にタイムスリップしちゃったのかな……)

瑛麻がこの時代に来なければ、今このタイミングで乙牛蟹は死なずにすんだかもしれないのに。

私のせいで、という自責の念が、津波のように押し寄せる。

嗚咽とともに、こらえきれなくなった涙は目からこぼれ落ち、頬を伝って制服の襟に染み込んでいった。


大矢口命の腕に抱えられ、日野川に沿って歩きながら辿り着いたのは、笹の葉で屋根が造られた簡素な屋敷。木材を組んで建てられ、屋根に使われている笹の葉は、檜《ひ》皮《わだ》を幾重にも重ねたような厚みを有していた。

「本陣は笹苞山だが、ここは仮の陣として使っている楽楽福ノ宮だ。そなたに話を聞くため、先に到着された鷲王様が、中でお待ちになっている」

大矢口命は瑛麻を抱え直し、建物に向かって歩いていく。

ひとまず泣きやんでボーッと周囲を眺めていた瑛麻は、高床式倉庫みたいに、少し高い位置に建てられた建物の入口に続く階段の前で降ろされた。

「ここからは歩け」

大矢口命の言葉にコクリと頷き、慎重になりながら階段を登る。不安定さはなく、木材はしっかりと固定されていた。

階段を登りきり、一応、履いていたローファーを脱ぐ。入口をくぐった先は、きっと室内の扱いになるだろう。土足禁止ではないかもしれないけれど、長い年月をかけて体に染み込ませた、玄関で靴を脱ぐという生活習慣には抗えない。

手にベッタリと付着していた乙牛蟹の血は、もう完璧に乾いている。物に触れても、血の色が移る心配はないだろう。

脱いだローファーを手にして、敷居をまたぐ。十二畳くらいの板敷の間。壁に沿うように、両脇には数名の強面の男達が等間隔に座っている。そして中央には、鶯王が座していた。

やはり、楽楽福神社で会った鶯王の雰囲気とは、どことなく違う。目の前に居る鶯王は、瞳をキラキラと輝やかせ、希望で胸をいっぱいにしている無邪気な少年だ。

「やぁ、よく来たね」

友人を迎え入れるように、穏やかな笑みを浮かべ、鶯王は瑛麻を手招きする。

「疲れているだろうが、すまぬ。少し、話を聞かせてほしい」

瑛麻は無言のまま、鶯王を正面に、部屋の中央付近に正座した。持っていたローファーは、揃えて自分の右側に置く。

鶯王の視線はローファーに向けられ、そして瑛麻の姿を瞳の只中に収めた。

「やはり、変わった服装をしておるな」

どこの国の人間だ？　と、見た目には似つかわしくない静かな声音と口調で問いかけてくる。

（正直に話したところで、信じてくれるのかしら？）

大牛蟹と乙牛蟹は信じてくれたけれど、この場に居る面々はどうだろう。

ふざけたことを抜かすなと、真実を否定されたくない。

うつむき、ギュッと拳を握り締める瑛麻の手に、大人のものとは違う手が重なった。顔を上げると、いつの間に移動したのか、鶯王が目の前に居る。片膝をついて腰を落とし、心配そうな眼差しを向けてくれていた。

「恐ろしかったであろう？」

「……えっ？」

「無理もない。たとえ鬼であろうと、絶命する瞬間など、目にしたくはなかろう」

だが……と呟きながら、鶯王は瑛麻の手を取り、自らの手を優しく添える。

「そなたも、囚われの身であったのだろ？　無事に解放してやることができてよかった。あのまま、あそこに居ては、なにをされていたかわからない。やつらに乱暴された里の女達は、今でも泣き暮らしている者が多いと聞く」

鶯王は瑛麻と目を合わせ、つらそうに眉根を寄せた。

「そなたは、なにもされておらぬか？　怖い思いをしていたのであれば、どのようにその心を癒し、救ってやればよいだろう」

鶯王は、鶯王なのに……やっぱり瑛麻の知っている鶯王じゃない。

(なんなの？　この、思い込みの激しいバカ野郎は！)

瑛麻の話を聞く前から、里の者達はこうだったから瑛麻の場合もそうだろうと勝手に憶測して、見当違いな想像を巡らせている。

大牛蟹も乙牛蟹も、鬼住山に居た人達は鬼ではない。みんな同じ人間だ。

(鶯王って、人の話を聞かないタイプなの？)

フツフツと湧き上がる怒りで、震えがきそうだ。

「私は、なにもされてない。むしろ、気にかけてもらってた。私に怖い思いをさせたのは、あなた達のほうよ！」

「こらっ、女！　お前は、誰に向かってそのような口を利いている！」

壁に沿って座る一人が膝を立て、腹の底から響くような大声を出す。

声に驚き、萎縮して、瑛麻は身を縮こませた。

「そのような大声を出すでない！　怯えてしまったではないか」

「しかしッ」

なおも食い下がろうとする家臣の男に、鶯王は鋭い視線を投げつけて黙らせる。瑛麻に向けては柔らかな笑みを見せ、すまなかった、と謝罪を口にした。

「なにか、気に障るようなことを言ってしまったのだな」

「……なんで、殺したの？」

怒りをひそませた瑛麻の問いに、鶩王は首を捻る。

「なぜ、とは？」

「乙牛蟹さん……心優しい人だったのに！」

関わったのは、ほんの数時間。それでも、瑛麻にはいい人だと思えた。大牛蟹だって、優しく頭をなでてくれたのだ。

「そなたにとっては、そうであったかもしれぬ。だが、里の人間にしてみれば、迷惑な隣人。討伐を願い出ねば、生活がままならぬことになるまで深刻な状況に陥っていたのだから……致し方あるまい」

諦めの極致であるかのように、口にされた致し方ないというセリフ。

悔しくて、奥歯を噛み締める。

「ひとつ教えてほしいんだけど……。さっきの攻撃は、鶩王様の指示で……？」

「そうだ。大矢口命の腕前は、見事であった。さすがは、弓の名手だ」

首に矢が貫通し、なにも映さなくなった乙牛蟹の瞳が瑛麻を向いた瞬間が脳裏に蘇り、食道を逆流してくる熱いもの。吐き出しそうになるのをウップとこらえ、口元を両手で覆ったけれど、それは逆効果だった。鼻腔が血の臭いで充満し、臭いに酔う。

苦々しい胃液の味が、口の中いっぱいに広がった。

（ここで吐いちゃダメだ……ッ）

せめて、外へ。

急いで立ち上がり、出入口へと踵を返す。外に飛び出すと、そこには里の者達だと思われる人々が、食べ物を手にして集結していた。

（あっ……無理、間に合わない）

瑛麻は諦めてその場にうずくまり、盛大に吐瀉物を吐き出す。

黙って背中を摩ってくれる手の平の温もりを感じ、ゲッソリとした表情のまま見上げると、優しい手の主は乙牛蟹に矢を放った大矢口命だった。


氏神が祀られている神社でご祈祷を受け、退席するために拝殿から出て境内を見渡したときと似たような光景が広がっている。ただ違うのは、人々が恭しく頭を垂れているということ。頭を垂らしている対象は、瑛麻ではない。瑛麻の背中を摩る大矢口命と、その背後に立つ鶯王に対してだ。

「やあ、先ほどは協力感謝する。おかげで、乙牛蟹を討つことができた」

朗らかな笑顔で鶯王が感謝を述べると、里の人々も破顔した。

「いえ、お役に立てて光栄です」

「これで、残るは大牛蟹だけとなりましたな！」

「ようやっと、あやつらの横暴から解放されると思うと……」

そうだよな、あぁ誠に……と、共感が湧き起こる。

（こんなに、嫌われてたんだ……）

煙たがられている存在。それが、鬼住山を住処とする大牛蟹達。もしかしたら瑛麻も、こっちに保護されていたのなら、この人達と同じような感情を抱いていたかもしれない。

（相手の上っ面しか知らないから、好き勝手が言えるんだ）

悔しさが呼び水となり、瑛麻の中に閉じ込めていた感情が呼び起こされそうになる。

慌てて思考を切り離そうとしたけれど、遅かった。

――また優等生な発言してる
――そんなに内申欲しいのかな
――一人で空回りしちゃってて可哀想～

（うるさい、うるさいッ、うるさいッ！）

頭を抱え、荒れ狂う衝動が過ぎ去るまでジッと耐える。

叫んだところで、暴れたところで、発散されて解消できるような代物ではない。この消化不良な感情は、絶対、表に出してはいけないのに……。押し込めていたどす黒い負の想いが心にも体にも充満し、今にも暴れだしそうだ。

「大丈夫か？」

背中を摩りながら、大矢口命が心配そうに問いかけてきた。唇を引き結びながらコクリと顎を引き、ついでに制服を確認する。幸いにも、吐き出したもので汚れてはいなかった。

「あの人達は？」

蚊の鳴くような声で尋ねると、大矢口命は瑛麻の耳元に顔を寄せる。

「孝霊天皇に訴え、討伐の依頼をしてきた人間達だ」

「やっぱり、そうなんだ……」

「彼らは定期的に食べ物を届けてくれる。今日、乙牛蟹を討つことができたのも、彼らの習慣を利用させてもらった。あいつらは、たびたび強奪を繰り返していたからな」

大矢口命から説明を受けている間に、鷲王は階段を降り、集まっている人々の中に入っていく。気さくに民と触れ合う皇子は、さぞ好感度が高いことだろう。そんな皇子が悩みの種である悪党共を退治してくれるのだから、人々は誠心誠意、真心を込めてお仕えしたくなるに決まっている。

笑顔を浮かべ、集まってくれている人々に声をかけている鷲王に、失礼ながら……

と、長老っぽい雰囲気の男が声をかけてきた。横目で、チラリと瑛麻を見てくる。

「あの……不思議な格好をしたのは、誰ですかな？」

「鬼住山で保護した娘だ。どこかから拐《かどわ》かされたのか、ちょうど詳しく話を聞こうとしていたところであった」

こちらへ、と鶯王に手招きされるも、瑛麻は二の足を踏む。行きたくない、というのが正直な心だ。

動こうとしない瑛麻の耳元に、再び大矢口命の顔が寄せられる。いいのか？　と低い声で囁かれた。

「ここで行かねば、怪しまれるぞ」

怪しまれるのは、避けたい。

吐き出してしまった吐瀉物は、下働きを担当する者の手によって、すでに綺麗に片付けられている。この場にとどまる理由が、ひとつもなくなってしまった。

大矢口命に背中を押され、しかたなく一歩を踏み出す。動いてしまっては、もう行くしかない。苦虫を噛み潰したように……という表現があるけれど、吐き出した胃液が口の中にまだ残っていて、リアルに苦い。表情をしかめたまま、鶯王の元へ足を進めた。

無遠慮にぶつけられる好奇の眼差しが、チクチクと刺さる。誰とも目を合わさないように、自分の足元だけを見詰めていた。

「まぁまぁ、可愛いお嬢さんですこと」

耳に届いたのは、あの長老っぽい雰囲気の男の声ではない。男と似たような年頃の、女性の声だ。

「髪も短いし、変な服装だし……どんな躾を受けてきたのやら」

「きっと、親御さんや村の者が、なんにも教えてないんでしょう」

クスクスとさげすむような笑い声が、やけに大きく耳につく。

（いつの時代も、こんなタイプの人間って居るんだな……）

二千年近く変わらぬ習性なら、陰口を言ってはいけません、仲良くしましょうと子供の頃から教育されたところで、改善するわけがない。

あからさまな嫌味を口にされたけれど、反論する気にはならなかった。勝手に好きなことを妄想して、楽しんでおけばいい。憤りも感じず、逆に冷静となり、瑛麻の頭は急速に冷めていった。

「こらこら。独りぼっちで心許なかろうに、意地悪はやめておあげ」

鶯王に軽くたしなめられ、女達は結託を強める。

「意地悪なんて、そんな。ねぇ」

「そうですよ。ただ、憐れんでいるだけにございます」

さげすみの笑みを浮かべながら言われても、なんの説得力もない。鶯王も瑛麻と同じように感じたらしく、少しだけ嫌悪感をあらわにする。

「憐れむのであれば、もう少し優しい言葉をかけてあげてほしい。でなければ、私がそなた達のことを軽蔑してしまいそうだ」

「まぁ、それは大変！」

「申し訳ございません。こんなときに、おかしな格好の娘が居るものですから、不快に思ってしまいまして」

あからさまに媚びへつらう女達を前にしていると、反吐が出そうだ。

「……来たくて、来たわけじゃない」

今まで発言しなかった瑛麻が声を出したことに驚いたのか、女達は口を閉じ、シンと場が静まり返る。

瑛麻は好き勝手に発言していた女達を睨みつけた。

「どうやったら元の時代に帰れるか、私が一番知りたいわよ！」

瑛麻の怒気に気まずさを感じ取ったのか、女達も男達も互いに黙ったまま目配せし合う。ザリッと砂利を踏む音が聞こえ、顔を向けると、瑛麻と年格好が同じくらいの女の子が佇んでいた。

「焦らずとも、大丈夫ですよ。時が経てば、気持ちも落ち着くというものです」

臆した様子もなく、声をかけてくる。しかし瑛麻のほうは……同年代、ということで、さらに警戒してしまう。

「私は奈和智《ななち》。そんなに警戒しないで？」

奈和智と名乗った少女は、ニコリと人当たりのよさそうな笑みを浮かべた。

「ここに居ては鶩王様達の……戦の邪魔になってしまうから、ウチへ来ない？　ねぇ、いいでしょ？　お父様」

父と呼ばれて頷いたのは、あの長老っぽい雰囲気の男。奈和智の父親は瑛麻と鶩王の顔色を窺いながら、まぁ……そうだな、と娘の提案を受け入れた。

「着ているものも汚れているようだし。替えを貸しておあげ。洗うといい」

いかがでしょう？　と、奈和智の父親は鶩王に伺いを立てる。鶩王は「そうだなぁ」と呟きつつ、瑛麻を一瞥した。

（私、今どんな表情してるんだろ……）

両手は血まみれ、口の中は胃液の味。吐瀉物で汚れはしなかったけれど、はたいたら土埃が舞い上がりそうな制服。乙牛蟹は死なせてしまうし、ここでも歓迎されている雰囲気ではない。

乙牛蟹を射殺した張本人だけど、なにかと気を配って世話を焼いてくれる大矢口命と一緒に居るほうが、安心できるような気がする。

（申し出……断ってほしいな）

懇願する気持ちが、表情に表れていればいいのに。

鶯王は瑛麻に向けて微笑を浮かべ、わずかに顎を引く。以心伝心したのかと、少しだけ嬉しくなった。

鶯王は奈和智の父親に向き直り、満面の笑みを浮かべる。

「村長《むらおさ》の家なら安心だ。ありがとう。よろしく頼むよ」

「お任せください」

残念なことに、瑛麻の気持ちは微塵も伝わっていなかった。あの首肯は、いったいなんだったのだろう。

事態の流れを予想していたようで、大矢口命が、建物の中に置いたままになっていた瑛麻のローファーを手にして近づいてくる。

提案を覆すことは難しそうで、風に運ばれるたんぽぽの綿毛みたいに、また流れに身を任せるしかなさそうだ。

清らかな水が、赤に染まる。

両手にこびりついていた血を洗い流しながら、流水に泳ぐ赤いインクのような乙牛蟹の血を眺めていた。

どうせ器に水をためて洗っても、すぐに水を入れ替えなければならなくなるだろうという判断をされ、瑛麻は奈和智と一緒に日野川へ来ている。

現代では護岸整備をされていて、一般人は近づくことがほとんどない日野川。蒜山《ひるぜん》を源流とする川の水は冷たくて、流れは緩やかなほうかもしれない。

「どう？　綺麗になった？」

「うん、だいたいは……」

瑛麻の着替えを手に持ってくれている奈和智は、十三歳だという。近い年齢なのに、とても落ち着いていて、子供っぽさがまるでない。すでに集団生活の一員としての役割を果たしているらしいから、遊びに部活に勉強にと忙しい現代の十三歳と比較してはいけないのだろう。

「ねぇ、拐かされてきたって……どこから来たの？　妻木《むき》のほう？」

妻木とは、鳥取県米子市淀江町から西伯郡大山町にまたがる晩田山《ばんだやま》丘陵の全域に広がる、妻木晩田遺跡のことを言っているのだろう。国内最大級ともいわれる弥生時代の遺跡が、この時代ではクニとして機能しているのだと、奈和智の口ぶりから推測する。

「違うよ。妻木より、もっと……海のほうかな」

瑛麻は、場所の伝え方に頭を悩ませた。なぜなら、この時代と現代では、弓ヶ浜半島の地形が違う。

鳥取県は右を向く犬の形に例えられることがあり、霊峰である大山《だいせん》は、犬の尻尾のつけ根付近に位置していた。大山の麓に位置する溝口も、もちろんその付近だ。

島根半島まで長く緩やかに伸びる尻尾の部分は弓ヶ浜半島と呼ばれ、大山の博労座《ばくろうざ》や飛行機に乗った上空から眺めると、綺麗な弧を描く弓形《ゆみなり》をしている。

この弓ヶ浜半島は日野川の砂洲《さす》や海面水位の変化、気象変化の影響によって長い年月をかけて形成された。

今の形になったのは、戦国時代から江戸時代の中期にかけて。平安時代から室町時代にかけては弓ヶ浜と夜見ヶ浜と二分して呼ばれ、奈良時代以前には夜見ヶ浜は夜見嶋と呼ばれていた。

瑛麻の生まれた淀江町ではない米子のエリアは、奈和智の生きる時代では海の底。まだ存在していない陸地だ。

けれど、米子市淀江町は妻木晩田遺跡のエリアに含まれ、日本国内最古級である白鳳期の彩色仏教壁画片が見つかった上淀廃寺跡、本州で唯一とされる古墳時代の重要文化財である石馬が存在している。淀江は、奈和智の生きる今の時代でも通用する地名なのかもしれない。

「私が住んでいたのは、淀江の先というか……夜見嶋の辺り、かな？」

「夜見嶋？　聞いたことがあるわ。とても遠い場所じゃない！」

車を使えば、ここからだと四十分弱だが、歩くとなればそれなりの距離だ。奈和智が驚くのも無理はない。

「心細かったでしょうね」

シュンとする奈和智に、そんなことないよ、と瑛麻は微笑を浮かべる。

「ここで鶯王様や大矢口命様が気にかけてくれたみたいに、鬼住山でも……大牛蟹さんや乙牛蟹さんが気にかけてくれていたの。悪いようにはされなかったわ」

「それは、あなたがあいつらの仲間だからじゃないの？」

奈和智の声のトーンが変わり、瑛麻は耳を疑う。その声には憎しみが、怒りがこもっている。

「瑛麻……あなた、あっち側の間者なんでしょ？」

唐突に、ガッと勢いよく両肩を掴まれ、グラリとバランスを崩す。川縁《かわべり》のコロコロとした丸い石に足を取られ、バシャリと盛大に、川の中に尻もちをついた。

下半身がズブ濡れで冷たいけれど、今はそんなことを気にしている余裕がない。憎悪の感情に支配され、鬼のような表情になってしまっている奈和智から、どうやって逃れたらよいのか……必死になって考える。このままいけば、川の中に沈められて溺死か、首を絞められて絞殺か。命を落とす未来しか想像できない。

「っ――奈和智ちゃん！　どうしてッ」

「どうしてもなにも……連れ去られたフリをして鶯王様の懐にもぐり込もうなんて、大胆な手に出たものね。あのまま、楽楽福ノ宮に居られたら……いったい、どうなっていたことかしら？」

「どうもなってなんかないわ。誤解よ！」

瑛麻が声を張り上げれば、奈和智も声を張り上げ返す。

「誤解なもんですか！　だって、相手は鬼よ？　どんな卑怯な手を使ってくるか、わかったもんじゃないわ。今まで、散々奪い取られてきた。食べ物も、純潔も。あなたは、そんな貧相な体で色仕掛けでもするつもり？」

「はぁッ？」

体型に関する失礼な発言があったけれど、そこに食いついたら負けな気がする。とにかく、間者だというのは奈和智の思い込みであると、説き伏せなければ。

「ねぇ！　ちゃんと、私の話を聞いてッ」

「聞くまでもない！　私、遠くから見てたもの。大矢口命様が放った矢が、乙牛蟹の首を貫いたとき。あなた、乙牛蟹に駆け寄って懸命に呼びかけていたじゃない！　だから、手が血まみれなんでしょ？　あいつらの仲間だって、疑いようがないわ」

全然、聞く耳を持ってもらえない。奈和智の中では、すでにストーリーが完成していて、そのとおりであると思い込んでしまっている。

「大王様《おおきみ》に、鷲王様は……わざわざ兵を率いて討伐に乗り出してくださった。私達の訴えを、聞き届けてくださったのよ」

だから、と奈和智は、ググッと瑛麻に体重を乗せていく。

「私は……少しでも、お手伝いがしたいの。邪魔者は、不穏な分子は、取り除くに越したことはない！」

「ちょっと、マジでやめて……ッ」

奈和智の手首を掴んで押し返そうにも、上体を反らされているせいで力が入らない。倒されないようにと体勢をキープする腹筋が、筋トレをしたときみたいにプルプルと痙攣し始めた。

助けて！　と、心の中で強く念じる。

(誰か……っ、誰か来て～！)

真っ先に頭に浮かんだのは、大矢口命。乙牛蟹が命を落とす原因を作った男だが、瑛麻には気配りを持って接してくれた。乙牛蟹を殺した張本人だから憎くて許せないのに、こちらサイドでは味方のように思ってしまって、頼りたい気持ちが強く出る。

でも、大矢口命は鷲王に付き従って、笹苞山の陣へ向けて出発してしまった。

大事な弟を殺されてしまった大牛蟹だって、こんな場所に駆けつけてくれるはずもない。

（――モモタロウさん……ッ）

最後に思い起こされたのは、一緒にこの時代に来ているのか来ていないのか判然としていない汰一郎。

もし、瑛麻のピンチに駆けつけてくれるヒーローが居るとするなら、残るは汰一郎くらいしか考えられない。

けれど、そんな都合のいい展開が訪れないことを知っている。

瑛麻を倒そうとする奈和智の力が、さらに増す。

「安心して？　ひと思いに殺してあげるから」

「やっ、やめッ！」

重心をずらされて体が傾き、抜けるように青い空が視界に飛び込む。水柱が上がり、ザブンという水音とともに飛び散る水飛沫。透明な水の中から眺める水面は、ゆらゆらキラキラと美しかった。

三

――瑛麻

――瑛麻!

どこかから、誰かが呼んでいる。

耳に心地よい周波数を含んだ男の声には、聞き覚えがあった。

(待って……今、目を開けるから)

意識がふわふわと浮かび上がり、脳が機能し始める。まどろみの中にありながらも、静かに目蓋を持ち上げた。

木陰に入っているみたいだけど、白い砂が広がる地面に反射して、目の中に飛び込んできた太陽の光が眩しい。わずかに目を細め、視界に入る日光の量を調整した。

「よかった。目を覚ましたか」

不安気な表情を浮かべている汰一郎と、顔の距離が近い。仰向けに寝かされた状態で、上半身を抱き起こされているせいだと、体の感覚で把握する。瑛麻の顔を覗き込む汰一郎の髭面に、不覚にも安心感を覚えてしまった。

「モモタロウさん、私……」

死なずに帰ってこられたのか聞こうとしたけれど、ホッと安堵の表情を浮かべる汰一郎が、あぁ……と話し始めるほうが早かった。

「よかった。俺のことはわかるみたいだな。なぁ……その、大丈夫か？」

「大、丈……夫？」

なにが？　というニュアンスの言い方になってしまったけれど、しかたがない。なにがどう大丈夫なのか。自分の身に起きた出来事に関する整理が、まだついていないのだから。

そもそも、ここは現代なのか、あの時代のままなのか。それに、どうして汰一郎の腕に抱かれているのだろう。

瑛麻は奈和智の手によって、日野川に沈められたはずだ。現に制服はグッショリと濡れて、肌にベッタリと張りついて冷たいし、髪の毛もしとどに濡れている。毛先からはポタリポタリと雫が落ちて、地面の砂に無数のシミを作っていた。

まさか本当に、ピンチを救うヒーローの如く、汰一郎は瑛麻を救出してくれたのだろうか。

「あのぅ……ここは？」

「ここ？　えっと、たしか……長山神社だ」

「長山？」

「あ～……場所は、鬼住山の麓。中学校の、すぐ近くにある集落の神社だ」

溝口中学校の近くに、そんな神社あったっけ？　と、ぼんやりする頭で記憶を探る。

（そういえば……中学校に向かう道路沿いに、石造りの鳥居があったような？）

神社の背後を護るように木が立ち並び、八畳くらいの広さがありそうな拝殿と、その背後には半畳ほども面積を有しない小さな本殿が続いていたような気が……しないでもない。

長山という地区の名称を記した青い小さな看板のおかげで、そのエリアがなんと呼ばれている集落なのかは把握していた。けれど、神社名を告げられてもピンとくるはずもない。

それよりなにより、瑛麻にとっては、神社の場所よりも優先して確認しなければならないことがある。

「あのさ……今って、何時代？」

は？　と、汰一郎の眉根が寄り、眉間にはクッキリとしたシワが刻まれた。

「何時代？　どうしてそんなことを聞く？」

ということは、大牛蟹や乙牛蟹の生きていた時代ではないのだろう。そしてきっと、汰一郎は瑛麻と一緒に、あの時代にタイムスリップはしていない。もししていたならば、少しくらい動揺しているはずだと思うから。

「つか、この短時間でなにがあったんだよ。ずぶ濡れじゃねぇか」

それは……と答えようとしたけれど、声は声帯を震わせることなく、言葉は飲み込まれる。

ひと言での説明は難しい。それに瑛麻自身が、なにが起きていたのか、一番知りたかった。

「私、ここまで転がり落ちて来ちゃったの?」

斜面から転がり落ち、気づけばタイムスリップしていた、といったところだろうか。

瑛麻の肉体が現代ではどういった状況に置かれていたのか知りたい。

汰一郎は瑛麻を一人で座らせ、自分も地面に胡座《あぐら》を掻く。瑛麻に触れていた部分の衣服が、ほんのりと湿り気を帯びているのが見えた。

「あの場から、ここまで転がり落ちることは考えられない。後ろの山肌は、崩れないようにフェンスを設置して補強がなされているし。多分だけど……本来なら、あのフェンスに衝突して、ここまでの落下は回避されているだろう。でも、瑛麻は……」

「なに?　言いにくいこと?　そこで喋るのをやめられるほうが気持ち悪くて嫌だわ」

優しさゆえの気遣いかもしれないけれど、モヤモヤしてしまう。

抗議をすると、汰一郎は少しの間だけ顔を逸らし、自分の中で言葉を整理する。考えがまとまったのか、真剣な眼差しを瑛麻に向けた。

「鬼住山の斜面を転がり落ちながら……瑛麻の姿が、消えたのは確かだ」

「……消えた？」

目をパチクリする瑛麻に、そうだよ、と汰一郎は頷く。

「俺の能力を駆使して捜しまくって、やっとここで倒れてるの見つけたんだけど、意識がないし。とりあえず、神域であるこの場で寝かせてたんだ。地域の住人しか通らないような場所だから、一応、人の目に触れない死角には隠れてみたんだが……」

はたから見れば、女子高生と成人男性。通報されても不思議ではない。汰一郎なりの苦労を想像し、少し申し訳ない気持ちになった。

「そっか。いろいろ、ありがと」

でも、と疑問を口にする。

「能力って、なに？」

聞き流そうかとも思ったけれど、そうはいかない。好奇心が勝ってしまった。

「能力って、あれだよ。ほら。念能力的な、なんか……そんな系統のくりのやつ」

雰囲気としては伝わるけれど、自分が使っている能力なのだから、もっとひと言で簡潔に説明できればいいのに。胡散臭さが半端ない。

「つかマジで、なにがあったんだよ。制服ボロボロでずぶ濡れだし、切り傷はあるし……」

困惑している汰一郎の言葉に、あらためて自分の姿を省みる。

ボロボロでドロドロの制服。グッショリと濡れた靴下に、グチョグチョで履き心地の悪い新品だったローファー。そして爪の際には、洗い落としきれなかった乙牛蟹の血。

（やっぱり、現実だったんだ……）

不意に視界が歪み、涙が零れ落ちる。ギョッとした汰一郎が息を呑んだ。

「おいおい、どうした！　急に泣きだして……。どこか痛むのか？　それとも、情緒が安定してない？」

汰一郎はオロオロと慌て、スマホ……救急車……と呟きながらジーンズのポケットを探る。瑛麻は手の甲で涙を拭い、震える声を絞り出した。

「私、タイムスリップしちゃったのかも」

「タイムスリップ？」

スマートフォンを操作する手を止め、素っ頓狂な声を出す汰一郎に、コクリと頷く。

「鬼伝説の……鶯王様と大牛蟹達が戦をしているその場所に、行っちゃってたみたい」

「行っちゃってたみたいって、そんな……どうやって？」

困惑する汰一郎はジーンズのポケットにスマートフォンを押し込み、どういうことだ？　と額に手を当てた。当事者の瑛麻だって混乱している。だけど、そうじゃないと、今の瑛麻の格好に説明がつかない。

「ちなみに、タイムスリップした先で、なにしてたんだよ」

汰一郎は頭から瑛麻の発言を否定せず、本当にタイムスリップをしたものとして話を進めようとしてくれた。逆の立場なら疑心暗鬼で、なにふざけたこと言ってんの？と口調を強くされてもしかたがないと思うのに。

頭ごなしに否定をしない汰一郎に、好感が持てた。

そして簡潔明瞭に、自分の身に起きていた出来事を説明しようと努める。

「気づいたら、戦場の真っ只中に居たの。そんで……乙牛蟹さんに保護されて、大牛蟹さんにも会って話をしたわ。すごく頼りがいのある兄貴って感じ。鬼じゃなくて、野たたらを生業にしていた人だったのよ。それで、安心しちゃったのか……私のお腹が鳴っちゃって。乙牛蟹さんが……笹団子を食べさせてやるって、出て行っちゃったの。そしたら目の前で、大矢口命さんの放った矢が首に貫通して、乙牛蟹さん……殺されちゃった」

脳裏に、ニカッと笑った乙牛蟹の顔が浮かぶ。それから、崩れ落ちる乙牛蟹の後ろ姿も。瑛麻が駆けつけたときには、すでに事切れてしまっていた乙牛蟹。最期の瞬間には、いったいなにを思っただろう。

瑛麻の頬を、雫が伝った。

「私に、笹団子を食べさせようって、取りに行ってしまったから……」

乙牛蟹が死ぬきっかけを作ってしまったのは、自分だ。

自責の念が十字架となり、重くのしかかる。乙牛蟹は、とても気前のいい兄貴肌の男だった。いいヤツだったのだ。あの時代に瑛麻がタイムスリップしなければ、落とさなくても済んだかもしれない尊い命。一人の男の運命を、人生を、瑛麻が変えてしまった。

ポロポロと零れる涙が止められない。嗚咽が抑えきれないけれど、ひと思いに喋らずにはいられなかった。

「伝説の、物語でしか知らなかったのに、実際に経験してみたら……私、悲しくて……悔しくて……っ！」

大牛蟹達も鶯王達も奈和智達も、誰もがみんな精一杯に生きて、生活していただけ。ただ、互いに不都合な存在だったから、殺し合いに発展してしまった。少しずつ歯車が噛み合わなくなり、掛け違えたボタンみたいに、元に戻ることが難しくなっていった隣人達。

「モモタロウさん……。私、乙牛蟹さんに……死んでほしくなかった。生きててほしかったのぉ！」

何度も頭をよぎってしまう、もしも。もし、瑛麻があの場所に居なかったら、腹が鳴らなければ……乙牛蟹の運命も結末も、伝説として伝わる内容とは変わっていたのだろうか。


押し殺した泣き声が、情けなさや悔しさ、虚しさを助長させる。

汰一郎は瑛麻の気が済むまで泣かせてくれるつもりのようで、黙ったまま隣に座ってくれていた。

泣きやまなければと自分に言い聞かせてはいるけれど、命令を無視して涙は溢れて止まらない。汰一郎に対しても、申し訳なさを感じてしまっていた。

「私のことなんかほっといて、最初の目的どおり、大牛蟹さんを捜しに行けば？」

瑛麻に付き合うだけ、時間の無駄だ。

「ずぶ濡れの女子高生を置いたままにもできないだろ。いくら暖かくなってきたとはいえ、濡れていれば冷える。風邪なんかひかれちゃ、こっちだってかなわねぇ。家まで送ってやるから、さっさと着替えて髪も乾かせ。そしたら、気を取り直して、もう一度ここに戻ってくればいい」

「私、まだ……一緒に行動していいの？」

泣き顔を見られたくなくて、両手でマスクのように鼻から下を覆い、汰一郎を見上げる。

「いいもなにも、タイムスリップしちまったんだ。次、またなにが起こるかわからない。さっきみたいになにもできないかもしれないけど、状況把握には努めたいんだ」

監視なのか、心配を主とした優しさなのか。どちらにしろ、今の状態で一人にならなくてもいいのはありがたかった。

「家はどこだ？　乗せてやるよ」

「でも……モモタロウさんの服もバイクも汚れちゃうよ？」

「今さらかよ。服はそのうち乾くし、バイクも拭けばいい。さっきも言ったけど、体調崩されたら俺も責任感じちまうし。瑛麻のほうが大事だろ」

ほら行くぞ、と汰一郎は踵を返す。きっと、鳥居の近くにでもバイクを置いているのだろう。

キーンコーンカーンコーンと、不意に学校のチャイムが耳に届いた。ビクリと肩が揺れ、胃がキュッと縮こまる。

（そっか、中学の近くだもんね……そりゃチャイムの音くらい、ここまで響くか）

チャイムの音だけでは、今の時刻はわからない。けれど瑛麻は、時間に管理される生活の場に戻ってきた。

（家、か……）

まだ学校の時間ということは、パートに出ている祖母も、きっと家には居ないはず。ほかに住んでいる人間も居ないし、汰一郎が瑛麻の血縁の誰かと鉢合うことはないだろう。


中学校と楽楽福神社の中間地点のような場所に、瑛麻の祖母が住む家は建っている。外観は年季の入った日本家屋だけれど、祖父が亡くなる前の元気なうちに内装をリフォームして、家の中は新築同様になっていた。オール電化にバリアフリー。瑛麻の実家よりも快適で、瑛麻用にと割り当ててくれている二階の一部屋は日当たりがいい南向き。祖父が亡くなってから一人で暮らしている祖母は、瑛麻に逃げ場所を提供してくれた恩人だ。

バイクの後ろに乗せてもらい、汰一郎に道を教えながら、祖母と瑛麻が二人で暮らしている家に送り届けてもらう。駐輪場として利用しているガレージにバイクを停めてもらい、外で待たせておくのも目立つから、家の中に入ってもらった。

玄関の三和土《たたき》で濡れたローファーを脱ぎ、靴下も脱いで素足を確認する。長い時間湯船に浸かっていたときみたいに、足の指と足の裏にはクシャクシャのシワが寄り、ふやけてブヨブヨだ。

このまま廊下を歩くのには抵抗があったけれど、四つん這いになったところで、濡れ鼠が通ることに違いはない。風呂場に直行して濡れたすべてを洗濯機の中に放り込み、自室へ向かうというルートが、家にとっての被害が一番少なくすむはずだ。

「じゃ、急いで着替えてくるから」

玄関の引き戸を開けて敷居をまたいだ汰一郎に宣言し、瑛麻はスタートダッシュを切ろうとする。しかし「おい！」という汰一郎の声に、出端をくじかれた。

「着替えるだけじゃなくて、ちゃんとシャワーも浴びてこい」

「なんで？　そんなことしてたら、どんどん遅くなっちゃうよ」

玄関の下駄箱の上に置いてあるガラス製の置時計を確認すると、昼の十二時半。シャワーを浴びて髪を乾かし、着替えを完了させると、三十分近くもの時間を要してしまう。

「いいんだよ。シャワーでいいから、冷えた体を温めろ。瑛麻が出てくるまで、俺はここでできることをやっとくから」

ここ……玄関でできることとは、なんだろう。インターネットを利用した、情報収集かなにかだろうか。

「だったら、Ｗｉ－Ｆｉ使う？　冷蔵庫にＩＤとパスワード書いた紙を貼ってるから、使うなら接続していいよ」

「え？　いや、別に……」

「じゃ、急いで行ってくるね！」

汰一郎はなにか言おうとしていたけれど、最後まで聞かずに風呂場へと急ぐ。ブルブルとした寒気を感じ、このままでは汰一郎の言うように、本当に風邪をひいてしまいそうだ。

体調を崩すことは、避けたい。病院にかからなければならなくなるし、市販薬ですませようとしても薬代はかかる。もう高校生だから、看病のために仕事は休まなくてもいいよと祖母には言えるけれど、きっと心配した祖母は休みを取ろうとするはずだ。祖母に、なるべくなら心配と迷惑はかけたくない。心優しい祖母だから、嫌な顔はしないと思うけれど……心苦しくなってしまうから、瑛麻自身が嫌なのだ。

汰一郎の助言どおりにシャワーを浴び、体にタオルを巻いて玄関からは死角になっている廊下と階段を爆走すると、自室のドアを開け放つ。タンスの引き出しから肌着を取り出して急いで身に着け、帰ってから着ようと思ってベッドの上に用意していたトップスを着てズボンもはいた。再び風呂場に戻って鏡の前に立ち、ドライヤーで濡れた髪を乾かしていると、ブォォォという音の間に甲高い悲鳴が聞こえた気がする。

ドライヤーを停止させ、耳に神経を集中させた。

「誰よ、あんた！」

「勝手に入ったわけじゃない！」

言い合う女の声と、男の声。男の声は汰一郎だが、女の声は、祖母の声とは違う。

パートから帰ってくるにも、まだ早い。

と、するならば。

（えっ、ヤバ！　なんで、今日に限って来るのよッ）

まだ髪は完璧に乾いてはいないけれど、八割くらいは大丈夫そうだ。

壁に取りつけているドライヤー専用のケースにドライヤーを戻し、パチリと脱衣所の電気を切って、声の発生源である玄関へと急ぎ向かう。

そこには、外に立てかけてあった竹箒を竹刀のように構える社会人の従姉――金森梨々華《りりか》と、無罪を主張する事件に居合わせた一般人みたいな格好をしている汰一郎の姿があった。

「ちょっと！　瑛麻ちゃん大丈夫？　なにもされてないッ？」

「おい瑛麻！　俺は怪しい侵入者じゃないって証言してくれッ！」

瑛麻が想像していたとおりの構図が、目の前に広がる。

仕事が休みのときに、ときどき祖母と瑛麻の様子を見にきてくれる梨々華は、元剣道部。有段者であるから、棒の扱いはお手の物。このまま放置したら、きっと怪我をするのは汰一郎だろう。

「梨々華ちゃん。その人、私の恩人だから追い出さないで」

「恩人？　なに？　瑛麻ちゃん、なにかしたのッ？」

混乱しているのか、警戒を続けているのか。梨々華は中心を取るように、竹箒の先を汰一郎の喉元につけたまま。殺気を感じ取っているのか、汰一郎は冷や汗を浮かべている。瑛麻は汰一郎と梨々華の間に割って入り、手を添えて竹箒を下げさせた。

「ガレージにバイクが停めてあったでしょ？」

梨々華は汰一郎から視線を逸らさず、瑛麻に答える。

「ええ！　誰の物かわからない、初めて見たバイクよ」

「あれに乗って、日本一周の旅をしているモモタロウ――百々山汰一郎さん。ちょっと縁あって……今、一緒に行動してるの」

「はじめまして。百々山汰一郎です。ニックネームはモモタロウ。ぜひ、モモタロウと呼んでください。今日は瑛麻さんが着替え終えたらまた出かけるので、玄関で待たせてもらっていました」

瑛麻の背後から、一気に自己紹介と状況説明をする汰一郎に、射抜くような鋭い視線が向けられた。視線の主は、もちろん梨々華だ。

「ちょっと、瑛麻ちゃん！　会って間もない知らない人間は、家に上げちゃダメでしよッ！　どんな危険な目に遭うか、わかったもんじゃないわ」

「モモタロウさんは、大丈夫だよ。私、信頼してるから」

一緒に行動した時間は短いけれど、悪い人間じゃないという部分には確信が持てる。

楽楽福神社で寝袋に包まれていたときの汰一郎は怪しかったけれど、目的のために行動し、瑛麻の身を案じてくれたことから、警戒心は少しずつ信頼へと形を変えてきていた。

「ずぶ濡れになっちゃった私を……ここまで送り届けてくれたのは、このモモタロウさんだよ」

「ずぶ濡れに……？」

しまった、と瑛麻は口にした言葉を後悔する。まさか……と呟き、眉間にシワを刻んで険しい表情になった梨々華は、竹箒を三和土に投げ捨ててパンプスを脱ぐ。流れるような身のこなしで、ドアが半開きになっている風呂場へと駆け込んだ。

慌てて瑛麻もあとを追ったけれど、時すでに遅し。梨々華に、洗濯機の中を見られていた。

「なにこれ！　誰にやられたの？」

「誰にもやられてない！　単に、私の不注意だよ」

本当は奈和智のせいだけれど、説明するのが面倒だし、すんなり信じてもらえるとも思えない。タイムスリップなんて非現実的な事柄を、あっさり信じて受け入れてくれた汰一郎が珍しいのだ。

「ほ、ほら……！　モモタロウさんって、日本一周中じゃない？　日本最古の鬼退治の話を知ってて、鬼住山に行ってみたいって言ってたから、私が案内したの」

「なんで瑛麻ちゃんが、学校で授業のある平日の日中に案内なんかしてるのよ。案内を提案されたとしても、断るのが大人なんじゃないの？　だいたい、スマホが使えるなら、ナビ機能あるわよね？　どうして使わないのよ」

もっともな言い分に、瑛麻は反論に困る。学校をさぼって楽楽福神社に行っていたことは、喋りたくなかった。

瑛麻が黙ると、梨々華の厳しい目は、廊下の端から顔を覗かせていた汰一郎に向けられる。

「花の女子高生と二人きりで、なにするつもりだったんですかねェえ？」

言い方に、トゲと嫌味が含まれているように感じられ、瑛麻は気分が悪くなってきた。

「おい、瑛麻。大丈夫か？　顔色が……」

異変に気づいた汰一郎は小走りで廊下を進み、うつむいてしまった瑛麻の両肩に手を置いた。肩に置かれた手の平の温もりが、ジンワリと広がっていく。汰一郎の行動によって瑛麻の異変に気づいた梨々華は、ごめん！　と謝罪を口にしながら汰一郎の手を払い除け、慌てて瑛麻を抱き寄せた。

「大丈夫よ。ごめんね。私の言い方が悪かったわ。大丈夫、瑛麻ちゃんは悪くない。悪くないよ」

梨々華に振り払われて所在なさげだった汰一郎の手が、瑛麻の頭にポンと置かれる。

「そうだ。瑛麻は悪くないぞ。一緒に行きたいって言うのを拒みきれなかった俺が悪いんだ」

暗に、自分も悪くない、というニュアンスを含ませて言い訳をしている。それが可笑しくて、小さくフフッと笑うと、梨々華の緊張も解けたみたいだ。瑛麻を腕の中から解放し、目の高さを合わせるように腰を屈めてくれた。

「話の続きを聞かせて？　鬼住山に案内して、それからどうしたの……？」

梨々華の声は優しく、包容力がある雰囲気を醸し出す。人間がオーラを発しているとするならば、きっと瑛麻は、梨々華のオーラにスッポリと包まれているような感じだろう。気分の悪さもなくなり、ポツリポツリと語りだす。

「鬼住山に着いて、登山口から登ったの。ちょっと、よそ見してたら斜面を転がり落ちちゃって……。枝とか、いろいろ大変でさ。水たまりとかもあってね。制服ボロボロのグチョグチョになっちゃったの」

我ながら、ウソがスラスラと出てくるものだと感心する。しかも、すべてがウソではない。本当のことを織り交ぜて話しているから、真実味はあるだろう。便乗するように、汰一郎も「すみません……」と申し訳なさそうに謝罪を口にした。

「興味津々で、俺が目を離した隙に……」

梨々華は胡散臭そうな眼差しを汰一郎に向けていたけれど、視線の先を洗濯機に移す。洗濯機の中から、瑛麻が放り投げた制服を取り出し、両手で広げて状態を確認した。

「それにしても……これは、ひどいわね。クリーニングに出しても難しそう」

制服の袖が切れている部分を指で触り、梨々華はわずかに唇をキュッと引き結んだ。そんな梨々華の様子を目にして、瑛麻の胃もキュッと痛む。何事かと、汰一郎は梨々華と瑛麻の様子を不思議そうに観察していた。

ガタリと洗濯機の蓋を閉じ、梨々華は小さく嘆息つく。

「太鼓のメンバーに、瑛麻ちゃんと同じ高校を今年卒業した子が居るから、まだ制服残してるか聞いてみてあげるわ」

瑛麻も新たに制服を買い換えるより、お下がりを譲ってもらうほうがいい。もう一度、制服の仕立て代が発生しないから、気が楽だ。

「……ありがとう」

小さな声で礼を告げると、梨々華は少し困ったような微笑を浮かべる。

梨々華は、瑛麻が親元を離れて祖母の家で暮らすようになった理由を知っていた。今ここで、その理由を口にしなかったのは、汰一郎に知られないようにという梨々華なりの心遣いと優しさだろう。

「あのぅ……太鼓って、和太鼓？　梨々華さん、太鼓されてるんですか？」

滞る空気を流すように、汰一郎が話題を切り出す。便乗するように、警戒していたはずの汰一郎に対して、梨々華は普通に答えていた。

「ええ、そうよ。元々は私が高校生の頃に役場の人達が興したんだけど、仕事が忙しかったりいろいろでね。今は社会人になった私が、楽楽福鬼太鼓振興会って和太鼓団体の会長してるの」

楽楽福鬼太鼓は、地域のイベントや施設の催しにも出演する、知る人ぞ知る太鼓団体。瑛麻も演奏を見たことがあるけれど、和太鼓の波動とも呼べる音と振動は心と体に響き、意識して洗練された所作には統一感があって圧倒される。中でも梨々華の演奏は抜きん出ており、観客の視線が集中していた。ある意味、エース的な存在なのだ。

「へぇ！　女性の太鼓打ちさんって、カッコイイですね」

和太鼓の話題で梨々華の汰一郎に対する警戒心は完璧になくなったのか、瑛麻に向けるような屈託のない笑顔を浮かべた。

「モモタロウさん、和太鼓に興味あるの？　よかったら見学においでよ。ちょうど、今日は練習日なの」

「興味はあるんだけど……俺は、今日中に見つけたいものがあるから、またの機会に見学させてもらっていいかな？」

和太鼓の稽古よりも、大牛蟹を捜したいのだろうと、瑛麻は汰一郎の心境を汲み取った。事情を知らない梨々華は、せっかくの旅行だもんね、と笑みを見せる。

「急ぐ旅じゃないのよね？　だったら、また是非に！　楽しみにしてるわ」

「はい、必ず」

汰一郎が約束を口にすると、梨々華は満足そうに頷き、瑛麻に対してはニッと歯を見せて笑う。

「瑛麻ちゃんは、今日一緒に行きましょ。制服のこと聞かなきゃだし、身長でサイズも見てみなきゃ」

「……うん、わかった」

これは、強制的に行かなければならないやつだ。ホントは嫌だけど、腹をくるしかない。

とても億劫だが、正規の金額以下で制服を手に入れるため、太鼓の稽古に瑛麻も同行することにした。

楽楽福鬼太鼓は、鬼の館ホールで毎週水曜日と土曜日に稽古を行っている。小学生と中学生、高校生は十七時から。社会人は十九時からが稽古の開始だ。

梨々華は子供達の指導を行っているため、十七時前には鬼の館ホールに到着していた。

整備された駐車場は広く、白い塀で囲まれた鬼の館ホールの敷地内には、地元のケーブルテレビのテレビ局も併設されている。ひとつ目の自動ドアを抜けると、正面にはコンサートの情報を伝える掲示コーナーがあり、向かって右側には透明なケースの中に、いろんな種類の鬼の面が陳列展示されていた。

ふたつ目の自動ドアを抜けるとホワイエが広がり、正面には二階席へと続く階段が優美な湾曲を描いている。向かって左側には管理人室。事務机に向かって作業をしている管理人に、こんにちは～と梨々華は声をかけた。開いたままになっているドアから梨々華の姿を確認した管理人は、お疲れ様～と笑顔で答えながら手を挙げる。瑛麻も管理人に対して軽く会釈をし、前を歩く梨々華に続いて、一階の観覧席に続く緩やかな傾斜を降りて行った。

中からは、ガヤガヤと人の気配がする。今の時間に居るのは、小学生、中学生、高校生。三月までは中学生だった瑛麻にしてみれば、全員が同世代というくくりだ。

（あぁ、嫌だ……胃が痛い）

お腹に手を当てる瑛麻に気づかず、梨々華は颯爽と輪の中に入っていく。

「こんにちは～！　お疲れ様でーす」

梨々華が声をかけると、すでに集まっていた人達の視線が集中する。次々に、お疲れ様で～す！　という明るく元気な声が返ってきた。

テンションが、運動部と近いかもしれない。元気ハツラツで、体力が有り余っていそうな感じ。

「そんで、は～い注目！　今日は見学者が来てまーす」

梨々華のひと声で、出入口に突っ立ったままの瑛麻に視線が集まった。せっかく梨々華の背後に隠れていたのに、強引に前へと押し出され、迷惑甚だしい。もっと、ひっそりコッソリしているつもりだったのに。見学者と紹介されてしまっては、目論見どおりにはいかなくなってしまった。

誰だろう、という視線は、とても居心地が悪い。堂々としていないといけないのに、どことなくモジモジしてしまう。

「私の従妹！　金森瑛麻っていうの。この春から、高校一年生よ」

ほら挨拶して、とうながされ、なけなしの覚悟を決めた。

「かっ、金森……瑛麻です。今日は、お邪魔させていただきます」

ススス……と様子を見ながら、前屈するように、緩慢な動作で頭を下げる。すると、よろしく～と緩い反応が返ってきた。

瑛麻の肩に置かれた梨々華の手に力がこもり、下げていた頭を持ち上げる。上目遣いに見上げた梨々華は、気楽にね！　と、キラキラした笑顔で笑いかけてくれていた。

ポツリポツリと保護者が座っている観客席の椅子に腰を下ろし、太鼓の稽古を見学する。軽いストレッチをしてから、基礎打ちの練習。一音ずつ、音の響きと向き合いながら、打ち込むときの体の使い方を見直していく。

基礎打ちだから、一定の間隔とリズムで響く太鼓の音。目蓋を閉じ、体で感じる響きにだけ意識を集中させた。

いくつもの太鼓が共鳴し合い、ホール内を揺さぶる音の大砲。腹の底から痺れるようにズーンと響く振動が心地よくて、無心になれる。

しかし、目からの情報をシャットアウトして聞き入っていると、ホールの中で反響する音が、合戦の渦中に放り出されたときと似たような感覚を呼び起こした。

（ダメだ。また思い出しちゃう）

脇の下から胴に沿ってトトトと突き刺さった矢や、命のやり取りをしていた人間達の声が蘇ってきて、慌てて目を開ける。

目を開くと、そこに広がるのは、真剣な表情で太鼓に向き合うメンバー達。自分より年下の小学生と、数年しか年が違わない中学生。同世代の高校生が、ひとつのことに集中している。真剣な眼差しを指導者である梨々華に向け、少しでも上達したいという強い意思と意気込みが感じ取れた。

(私は、一生懸命になって打ち込めたもの……なにかあったかな?)

米子から父の生家である溝口の祖母宅に引っ越してきたのは、中学三年の一月。前の中学校では美術部に所属していて、自分の絵と向き合いながら、それなりに頑張っていた。

ただ、同じ頑張るでも、瑛麻と太鼓の子達とでは根本的に違う。運動部には入りたくないと、消去法で選んだ美術部に入部していた瑛麻と、やりたくて参加している太鼓のメンバー達。根源にある気持ちが違うのだ。

しかし、かといって……これまで、なにも頑張ってこなかったわけじゃない。

瑛麻なりに立ち向かってきたのだ。一人で。

襲いくる困難に頑張って立ち向かい、結果……頑張ることに疲れてしまった。心がすり減り、ズタボロになって、いまだに修復していない。

だからこそ、一生懸命と頑張るという感覚は、同義ではなく別物だと瑛麻は思う。

「ねえ、一緒にやってみる?」

いつの間にか、太鼓の音が聞こえなくなっていた。基礎打ちの練習は終わり、曲の練習に入る前の小休止に入っていたようだ。

少しだけ息が上がっている梨々華の誘いに、「えぇ～」と渋る。

「やめとくよ。やったことないもん」

「やったことないから体験するんでしょ？」

ほら、と腕を掴まれ、梨々華によって太鼓の前に連行された。はい！　と手に持たされたバチは、見た目よりも重量がある。木肌の質感が、シックリと手に馴染んだ。

「叩いて音を鳴らすんじゃなくて、打ち込んで胴を……くり抜いた太鼓の中を響かせるのよ」

梨々華は瑛麻の隣に立ち、バチ先が天を突くように真っ直ぐ掲げる。

「足は、とりあえず肩幅より少し広いくらいでいいかな。ヒザはピンと伸ばさずに、軽くゆるめてね。バチ先は頭上じゃなくて、太鼓の真上。足の親指のさらに先から捻っていくイメージで、バチの先っぽに力を伝える感覚よ」

横から梨々華の構えを見てみると、たしかに腕は体の真横ではなく、少し前に出ていた。上半身も真正面を向いているのではなく緩やかな捻りが入り、顔が前を向いているから目の錯覚が生じているみたいだ。

瑛麻も倣って足を広げ、腕を上げてみたけれど、普段はない位置に腕があり、違和感を覚える。

「もうちょい手は前かな？　そう、その位置。んで、ドーンと鳴らしてごらん」

梨々華に微調整をされた位置から、見様見真似でバチを振り下ろした。

――ボバァァアン……

自分の鳴らした音に、首を捻る。

「なんか、音が鈍い……よね」

梨々華達が出していた音と、全然違う。もっと、ドーンッと突き抜けるように、轟くような音が鳴るかと思っていたのに。イメージどおりにいかなかった。

「音の違いがわかるってのは、いいことよ。いろいろ試行錯誤して、理想の、イメージに近い音が出るように模索していけばいいんだから」

見てて、と梨々華は足の位置を正し、スッと一本の軸が通っているかのようにバチを掲げる。洗練されていて、とても美しい姿勢と見た目だ。

バチの動きを目で追えばいいのか、梨々華の全体を見ていればいいのか、どちらが正解なのだろう。とりあえず、梨々華の顔を見ていることにする。

「バチを上げてるときは、ただバチはそこにあるだけ。親指と人差し指のバチに触れてる部分でだけ支えて、あとは全然どこにも力が入ってないの。脱力して、動きに入った瞬間……インパクトで一気に打つ！」

――ドォオオオンッ

どでかい雷が落ちたような轟きと、地鳴りがしているような振動がホール全体に広がっていった。梨々華の表情は変わらない。いや、どことなくキリリとしているかもしれない。ただ言えるのは、カッコイイということ。

「すごい……」

「練習したら、瑛麻ちゃんもできるようになるよ。最初からできる人なんて、ガチの天才くらい。地道にコツコツ練習して、できるようになっていくんだからね」

梨々華は、きっと太鼓を通して、瑛麻を励まそうとしてくれているのだろう。

その優しさはありがたいけれど、少し迷惑だ。どう応じたら満足してくれるかわかってはいるけれど、優等生の反応はしたくなかった。曖昧な笑みを浮かべて流そうとしていると、中学生と思わしき女子のメンバー達が話しかけてくる。

「瑛麻ちゃんって呼んでいい？　太鼓入るの？」

「女子メン増えるの嬉しいな～」

「ねぇねぇ、笛には興味ない？　篠笛！」

「こらこら、そんな一気に話しかけたら、答えられるもんも答えられないじゃない」

一人ずつね、と梨々華に注意され、「はぁい……」「だってぇ～」とそれぞれに不満そうだ。そんな中、長い前髪も一緒にゴムでひとつにくくり、頭頂部に大きなお団子を乗せるヘアスタイルの女子メンバーが話しかけてきた。

「私、草間彩蝶《くさまあげは》。高校一年生なんだ。瑛麻ちゃんって、いつも駅のすみっこのベンチに一人で座ってるよね？」

途端に、体が硬直する。

（どうしよう……同学年だ）

逃げ出したいのに、ネズミ捕りの粘着テープに貼りついたみたいに足が動かない。言葉が喉の奥でつかえて出てこない瑛麻に、彩蝶は朗らかな笑みを浮かべる。

「多分だけど、汽車の時間って同じだよね。いつも乗る車両が違うのかな？　汽車の中では全然会ったことなくない？」

「そう、だね……」

やっと言葉を絞り出し、ぎこちない愛想笑いを浮かべた。口元は元より頬も引きつり、目も泳ぐ。到底、笑顔とは呼べないいびつな表情。彩蝶は小首を傾げ、そんな瑛麻を観察している。

（やめて、見ないで……っ）

目は心の窓というけれど、初対面の同級生に、心をさらけ出したくなんかない。拒絶する心が強いのに、彩蝶から視線を逸らすことができなかった。

彩蝶の瞳に映る自分は、プルプルと震える小動物みたいに、弱々しい存在のように思える。小型犬なら、きっとキャンキャン鳴き散らかしているだろう。

辛抱して待てども、彩蝶のほうから視線を逸らしてくれない。ものの数秒も経過していない無言の時間が、かなり長く感じる。結局は耐えきれなくて、瑛麻は下を向いてしまった。

「なんか訳あり？」

気配もなくパーソナルスペースに侵入され、耳元で囁かれた彩蝶の声は、とても優しい。この優しさは、本物なのか、偽りなのか。そんな勘繰りをしてしまうくらい、瑛麻の心はすさんでいる。

頭の中で自分の持つ情報を整理し、目の前の瑛麻を観察して、彩蝶は自分なりの仮説というか、結論を出したようだ。これ以上、瑛麻の警戒心を刺激しないように、控え目な笑みを浮かべている。

「事情は知らないけど、聞かないでおくね。私とは、太鼓仲間でよろしくだよ！」

うん、と答えるべきなのだろう。けれど今の瑛麻には、社交辞令とわかりきっている形式的な返事さえもできない。

気遣いと思いやりが、ひどく心苦しかった。

四

中学二年生のとき。いつの頃からか授業などで発言をするたびに、教室内のどこからともなく、クスクスという笑い声がするようになった。

なにか間違ったことを言ったのか、見当違いな答えだったのか。毎度の如く笑い声が起こると、どんどん自分に自信が持てなくなっていく。だから、自信のある答えを導き出せても挙手をして答えることはしなくなったし、出席番号や席順で当てられるのも嫌になった。

授業中だけではなく、休み時間に仲のいい友達と普通に会話をしているだけで、すれ違いざまに笑われた。なにか動くたびに、声を発するたびに、耳障りなクスクスという笑い声。ひと月近く辛抱はしてみたけれど、収束する気配はまるでない。毎日のことだと、いいかげん嫌気が差してくる。

ひと月という期間のうちに、笑い声の発生源は特定できていた。クラスの中で、一番の発言権がある女子と男子の集団だ。

なにが原因だったのかわからないけれど、どうやら瑛麻は、揶揄《からか》いの標的にされてしまったらしい。

瑛麻と彼女達の接点は、同じクラスであるというだけ。出席番号は近くないし、席替えをしても同じ班になったことすらない。体育の授業では同じチームになったりすることはあったけれど、直接言葉を交わすことはなかった。

同じ部活に所属していなければ、面と向かって直接言葉を交わさなくても、ある程度の学校生活は送ることができる。でも、だからといって心地がいい環境ではない。

母にも相談し、直接聞いてみたらスッキリするんじゃない？　とアドバイスを受け、実行に移してみたのは夏休み前。大きな流れに乗って導かれるように、その日はやって来る。

学園ドラマやマンガでは、バラバラのクラスメイト達が協力して大団円を迎える作品がほとんどだが、リアルにはどうだろう。そんなふうに、うまく事が運んだりするのだろうか。

四月の委員会決めで文化委員になっていた瑛麻は、文化祭の準備を円滑に進めるため、そのメンバーに対してなにもしないわけにはいかなくなってしまった。

体操着やジャージ姿で作業をするクラスメイト達の中で、協力もなにもせずに、ただ雑談して時間を潰しているだけのそいつら。真面目に取り組んでいるクラスメイトからは、反感を買っていた。

「ねぇ、みんな楽しみにしてる文化祭なんだし……協力して準備しようよ」

本番に向け、ホームルームの時間に、全員の役割が振り分けられている。どうして決められた役割も全うせずに、責任を果たそうともせず、無駄に時間を過ごすことができるのだろう。決められた事柄はキッチリとこなしていきたい瑛麻には、理解ができない人達だった。

やつらは瞬間的に雑談をやめたけれど、案の定クスクスと笑われる。瑛麻も気が立っていて、日頃の鬱憤を発散させるように声を荒らげ、同じ土俵に上がってしまった。

「ねぇ、私のなにが、そんなに可笑しいのッ？」

「……別にぃ」

特に理由はないのか、語るつもりがないのか。それだけ言って、瑛麻の存在はなかったものとして振る舞われ、瑛麻と仲のいいクラスメイトから「先生に注意してもらおう」と助言を受けた。

自分より発言権がある大人を頼るのは、責任感がある子供にとっての最終手段。小学校でも、先生に言うよ！　は、クラスでヤンチャな男子を従わせるための常套句だった。

幸いにも、瑛麻達の担任は生徒との距離が近い人で、今も廊下でほかのクラスメイト達と楽しそうに雑談をしながら作業に加わっている。教室内の窓際の席を陣取ってたむろしているやつらに背を向け、仲のいいクラスメイトとともに鼻息荒く、廊下に足を向けた。

「先生！　あの人達、話してばかりでなにもしてくれませんッ！」

教室内と廊下に響いた瑛麻の声。

担任は手を止めてキョトンとし、首を伸ばして廊下からやつらのことを確認すると、面倒くさそうに「あぁ……」と呟いた。

「毎年、必ず二割くらいは、そういうやつらが居るんだ。八対二の割合って知ってる？　その二割のやつらをどうにかしようと、ほかのクラスメイト達が一致団結して、いい方向に持っていくんだよ」

だから頑張れ、と担任は笑う。

瑛麻の頭の中は、は？　なに？　どういうこと？　という疑問でいっぱいになった。

生徒が頑張ってもどうにもならないとき、手を差し伸べて一緒に解決してくれるのが教師だと思っていたのに。すべてを丸投げされるような言い方だった。

混乱する瑛麻の背後から、またいつものクスクス笑いが聞こえる。

そして、その日から徹底して無視が始まった。それはクラスの中や、仲のよかった友達にまでも伝染し、誰も話してくれなくなるし、話しかけても「ごめんね」と逃げられる。瑛麻が発言しても薄い反応すらしてもらえないから、委員会からの連絡事項は、もう一人の文化委員に伝えてもらうようにした。担任も瑛麻の置かれている立場は把握しているようだけれど、今だけだよ、思春期にはよくあることだと相手にしてくれない。

（こんなの、いじめじゃないか）

なんで、こんな扱いを受けなければならないのだろう。

（私、なにか間違ったことをした？）

していない、という自信が、瑛麻にはある。クラスみんなのためを思って、やつらに注意をしただけ。担任が言うところの、正そうとする行動をしただけだ。

発端になった出来事と、主になっている人間に確信はある。

夏休みも終わりに近づいた頃。相変わらず律儀に登校はしてきて、雑談だけをするやつらに、瑛麻は立ち向かった。

「ねぇ。私、なにかした？」

「なにかした？　だってぇ。ふふ……っ」

クスクスと笑いつつ、リーダー格の女子が薄ら笑いを浮かべながら発言する。

「なにもしてないけど。なんか、存在自体がウザイんだよ」

（なによ……それ）

そんなの、どうしたらいいんだ。明確な理由がなければ、認識を改めて自分の行動を改善することもできない。

その日を境に、学校へ行こうとすると体が拒否反応を示すようになってしまい、夏休み明けを待たず、学校に行けなくなってしまった。

担任が訪問してきたけれど、なにを話せと言うのだろう。クラスメイトのみんなが待っていると口では言っているけれど、そんなのウソだ。あんなに、みんなから無視されていたのに、今さら教室に戻りたいと思うもんか。

「金森と仲のよかったクラスメイトも、登校してくれるの待ってるぞ。先生も待ってるからな」

帰る前に必ず口にするセリフだが、信じるわけがない。

相手の保護者とか学年主任だとか、そういう人達も謝罪として家に来たけれど、そんなことされてなんになる。やりました、という形式だけの謝罪姿勢なんて、世間から責められたときの逃げ道でしかない。謝罪させるという名目で、原因を作った本人達を引きずって連れて来ても、瑛麻が顔を出すことはないとわかりきっている。それなのに実行に移すということは、パフォーマンス以外のなんでもないと、誰もが思うはずだ。

心のこもっていない、言わされただけの謝罪に、感じるものなどなにもない。世間体を気にする大人の保身であり、自己満足だ。

結局、瑛麻のほうが環境を変えるべく、祖母の暮らす溝口で過ごすことになった。

瑛麻を受け入れてくれた祖母と、心配をしてくれる母には、申し訳がない。娘のことは母に任せっきりで、相談したいのに仕事が忙しいからと真剣に向き合ってくれない父には、腹が立って嫌気が差す。

瑛麻は、生きていないほうがいいんじゃないか、死んでしまったほうが楽なんじゃないか、そんな考えが頭をよぎるようにもなっていた。死んでしまいたいと思っているのに、一歩が踏み出せないから、まだ生きていただけだ。

しかし……今日、わかった。自分では気づけない深層心理では、まだ死にたくなかったのだと。

鬼住山で巻き込まれた戦の最中では必死に逃げ、奈和智に沈められたときも救世主のヒーローを望んだ。死ななかった、生きていると認識できたときには、心の底から嬉しかった。

だから本当は、苦界でも今を生きていたいのだ。

(いろいろ思い出してたら、目が冴えちゃった……)

枕元に置いている目覚まし時計を確認すると、時刻は午後十一時を少し回ったところ。普段なら、夢の中に居る時間だ。

のそのそと布団から抜け出し、トイレに向かう。二階の宛てがわれている部屋から階段を降りて、トイレへと続く廊下に出ると、リビングに繋がるドアから明かりが漏れていることに気づいた。

　普段なら、祖母も寝ている時間だ。消し忘れだろうかと近づいてみれば、泊まることになった梨々華と、祖母の話し声が聞こえてきた。

「瑛麻ちゃんが学校に行ってないのは、ちゃんと知ってたよ」

「じゃあ、高校でもいじめに遭ってるわけじゃないのね？」

　聞こえてきた内容から、瑛麻についてだと即座に理解する。盗み聞きはよくないことだと思うのに、なにが話されるのか、気になってしかたがない。

「やっぱり……前のことがあるから、今も通えてないのよね？」

「そうね。こっちの中学では、卒業前に保健室登校ができるようになったとはいえ……。心に負った傷は目で見えないから、瑛麻ちゃんがどれだけボロボロになってしまっているのか、わかってあげられなくて……口惜しいわ」

「それは、私だって……ッ」

　祖母と梨々華に、沈黙が訪れた。

　でもね、と祖母が口火を切る。

「瑛麻ちゃんは強い子よ。自分でなんとかしようと、あの子なりに、あの子のやり方で頑張っている最中なの」

「瑛麻ちゃんなりの、やり方？」

そうよ、と梨々華に答えた口調で、祖母がどんな表情を浮かべているのか瑛麻にはわかる。七十を前にした祖母は、少しシワの濃くなった目尻を下げ、口元には微笑を浮かべているはずだ。

「制服に着替えてリュックを背負って、この家から必ず登校時間に出ていくのは、私に心配をかけたくないからかもしれないけれど……。瑛麻ちゃんなりのチャレンジを繰り返しているからだと思うの」

「瑛麻ちゃんなりの、チャレンジ？」

「中学校に転入するときの挨拶に、瑛麻ちゃんと、瑛麻ちゃんのお母さんと一緒に行ったのね。あの子、校門を越えられなかったの」

えっ、と言葉に詰まる梨々華の微かな声に、ズンッと胃が重たくなる。

瑛麻は静かに、その場にしゃがみ込んだ。

「中に入ろうと頑張るんだけど、足が動かなくなって……呼吸も、過呼吸みたいになっちゃってね。涙もポロポロと止まらなくなって。その日は瑛麻ちゃんのお母さんだけが中に入って、私は瑛麻ちゃんを連れて帰ったわ」

「叔父さんは？　瑛麻ちゃんのお父さんは、どうしてたの？　一緒じゃなかったの？」

フンッと、祖母は鼻で嗤《わら》う。実の息子をあざけ笑っている雰囲気を察知した。

「あの子はダメね。父親失格。父と名乗るのもおこがましいわ。私、どこで子育てを間違えたのかしら」

瑛麻の父に対して突き放したような言い方をし、荒々しく嘆息つく。

梨々華の父は、瑛麻の父の兄である。二人の性格は似ても似つかなくて、祖母の育て方というよりも、本来持ち合わせている性格的なものだと思う。子供は親から生まれて育てられるけれど、自我が芽生えてからの人格形成は、すべてが親の責任ではない気がする。瑛麻だって、集団生活や社会生活を送っていく中で必要な指導や躾は母から受けたけれど、小学校に上がる前には行動のパターン化はされていたし、性格と呼ばれる部分は親に干渉されていないと思う。

瑛麻の父は、祖母の育て方が原因であんな大人に育ったのではなく、自分が身を置いた環境であんな大人に成長しただけなのだ。祖母の責任ではない。

「ねぇ、瑛麻ちゃんのリュックの中に、なにが入ってると思う?」

「学校に行ってないなら、なにも入ってないんじゃないの?」

梨々華の答えに、ふふっ、と祖母は楽しそうに笑う。

「水筒に、私が作ったお弁当。それから教科書に、資料集とワークブック」

「普通に学校通う中身じゃん」

「そうなの。どうやら、今は汽車に乗ることができないらしくてね。高校自体には通えてないけど、普通科だから、商業科で習うような特別な科目は少ないでしょ? だから、できる範囲は自主学習で補おうと頑張ってるみたいなの。塾にも行かないで一人で勉強できちゃうって、すごい才能じゃない？　ホント天才。我が孫ながら、鼻が高いわ～」

「ばあちゃん、婆バカじゃない？」

梨々華の呆れた声に、祖母の明るい声が続く。

「あら、婆バカって最高の褒め言葉よ。一人くらい、そんな身内が居てもいいでしょ？　瑛麻ちゃんだけじゃなくて、私は梨々華ちゃんのことも同じように思ってるんだから」

「もう、ばあちゃんってば」

少し不機嫌そうだけれど、梨々華の声には嬉しさがにじんでいるような気がする。瑛麻も、どことなくくすぐったい気持ちになって、人差し指の先で廊下の板をグリグリといじった。

「通学制の高校では、出席日数が足りないと進級ができないけど……焦らせちゃダメなのよ。今、瑛麻ちゃんは心の休養期間中なんだから」

「休養期間は、そうね……必要で、大事よね」

「そうなのよ！　だから太鼓に連れ出してみるのも、いいと思うわ。嫌がらなければ」

祖母からズバリと言われ、梨々華は「ハハハ」と乾いた笑い声を出す。

「梨々華ちゃんは面倒見がいいけれど、相手の心を決めつけて思い込んじゃうところがあるから、無理強いしないようにね」

「わかってますよ〜ぅ」

おどける梨々華に、祖母も楽しそうに笑う。

「心が元気になって、自分から進み出せるようになるまで、じっくり待ってあげましょ。種を蒔いても、すぐに芽は出ない。何事にも、時期があるんだから」

瑛麻は静かに立ち上がり、リビングに続くドアのノブを掴もうと手を伸ばして、やめた。踵を返し、当初の目的どおりトイレへと向かう。

グスンと鼻を鳴らし、手の平で目を擦る。

祖母と従姉の女子会に、この顔で加わることはできなかった。


朝の六時三十分。階下から聞こえてくるテレビの情報番組の音が、瑛麻の目覚まし代わりになっていた。

目覚まし時計は午前六時四十五分にセットしているのに、早く目が覚めてしまうから、時間をセットする意味がなくなってきている。そろそろ、起床を希望する時間に目覚まし時計をセットしなくてもいいのかもしれない。

パジャマのまま部屋を出て、風呂場の洗面台に向かう。鏡の中には、いつもと変わらない瑛麻の顔。目が腫れていなくてホッとした。

制服のことは梨々華が聞いてくれていたが、昨日の夜に話をして今朝のことになるわけもなく。幸い、学校には通えていないから、瑛麻自身に不都合はなにもない。

今まで気にしていたことといえば、祖母に高校まで不登校であることを悟られやしないかということだった。登校していないと知っているのなら、取り繕う必要はないのかも……。一夜明けて、そう思うようになった。

私服に着替え、リビングへ続くドアノブに手をかける。グッと力を込めて開けると、昨夜の味噌汁を温め直している祖母の姿があった。

「おはよ」

声をかけると、祖母は瑛麻のほうを振り向き見て、目を細める。

「おはようさん。パンとご飯、どっちにしたい？」

「お味噌汁あるけど、パンがいいな。マヨネーズで土手作って、卵入れるヤツ」

「じゃあ、ばあちゃんも同じのんにしようかな。おいしいからね～」

いつもと変わらない朝のやり取り。普段と違うのは、瑛麻が制服を着ていないということ。

祖母は、梨々華と祖母が話していた内容を盗み聞きしていたと知らない。瑛麻の心境の変化を、まだ祖母は知らないのだ。

「……梨々華ちゃんは？」

シフト制で不定休の仕事をしている梨々華が、次の日が早番のときに、祖母の家に泊まるはずがない。きっと、まだ元祖父の部屋で寝ているのだろう。

「瑛麻ちゃんが登校する時間に間に合うように、制服を譲ってくれる太鼓の人ん所に行ってくれてるよ」

「えっ、そうなんだ……」

早朝から、なにやら申し訳がない。そんなに頑張らなくてもいいのにと、冷めた感情を抱いてしまう。瑛麻を想ってくれての行動なのに、よけいなことを……という気持ちが勝ってしまい、素直に喜びを表現して好意を受け取ることができなかった。

「パンが焼けるまで、先に味噌汁でも飲んどく？」

ジ～ィとトースターのタイマーを回す祖母の問いかけに、うん、と言葉少なく答える。椅子を引いて座ると、テーブルの上に湯気を立ち上らせる汁椀が置かれた。グルグルと対流している味噌が溶けた液体の中で、白い豆腐はプカプカと浮かび、ヒラヒラとワカメが泳ぐ。箸でひと混ぜして口をつけると、予想していたよりも熱かった。

「……ッ！」

目を白黒させながら、喉を鳴らして嚥下する。上顎が少しザリッとしているから、口の中を火傷してしまったかもしれない。

熱々の味噌汁のせいで、目の端ににじんだ涙を拭い去っていると、向かい側にコーヒーカップを手にした祖母が座った。トースターからは、マヨネーズの焼けるおいしそうな匂いが漂い始めている。味の想像をしてしまい、ジワジワと唾液がにじみ出てしまう。口の中に溜まった唾液を飲み込んでから、箸で摘んだ豆腐を口の中に入れた。奥歯で噛み潰すと、ジュワッと熱い液体が染み出てくる。

「熱っァ！」

「あら、温めすぎちゃったかしら？　気をつけて飲んでね」

豆腐という伏兵に口の中を攻撃され、口元を押さえながら涙を浮かべる瑛麻をケタケタと笑い、祖母は冷たい牛乳を混ぜたホットコーヒーを口にした。

祖母の元気な笑い声を聞いていると、小さなイライラも沈静化してしまうから不思議だ。汁椀と箸をテーブルに戻し、小さな声で祖母を呼んだ。

「……ばあちゃん」

「なぁに？」

また言葉が胸の奥で渋滞を起こし、喉が閉じて声が出なくなってしまう。ネットの記事を鵜呑みにするなら、心因性のストレスで、こうなってしまうことがあるらしい。

普段なら、このまま押し黙っているけれど、今日は違う。いつもと同じでいたくなかった。

（なにから、どれから伝えよう）

夜に梨々華と話しているのを盗み聞きしてしまったこと。汽車に乗ることができなくて、高校に通うフリをしていること。制服がボロボロになってしまったホントの理由。父の性格は、祖母のせいではないということ……伝えたいことが、たくさんだ。

トースターのタイマーがジ～と回る音と、朝の情報番組から流れてくる音声しか聞こえない。沈黙の時間が訪れ、祖母はコーヒーカップをテーブルに置いた。黙り込んだままの孫を急かすことなく、柔らかな笑みを浮かべ、優しい眼差しを向けて静かに待ってくれている。

「えっとね……」

「うん」

「今日も、行かない……学校には」

喉の奥から絞り出した声はうわずり、不自然に甲高くなってしまう。それでも、自分の口から言えた。瑛麻にとっては進歩である。

祖母は変わらぬ微笑みのまま、うん、と顎を引く。

「そうだね。ばあちゃんから、学校に連絡しておこうか？」

「いい……しなくて。だって、今さら……だもん。行ってないの、知ってるでしょ？」

上目遣いに様子を窺えば、祖母はイタズラがバレた子供みたいに、誤魔化しの笑みを浮かべた。

「ありゃ、昨日の夜に梨々華ちゃんと話してたの……聞いちゃったのね」

「うん。トイレに起きたときに」

「そっか」

祖母は瑛麻に対して、気まずさを感じているのだろうか。そっか……と呟いた声が、どことなく悲しそうだ。

「そしたら、梨々華ちゃんがもらいに行ってくれてる制服は、どうする？　必要ないなら……」

「受け取るよ。新しく買わなくていいなら、そっちがいいもん」

それに……と、膝の上に置いていた手をギュッと握り締める。

「中学のときみたいに、試してはみてるの」

「試してるって、なにを？」

「制服を着て、学校に向かえるか。最初は、全然ダメだったんだけどね。行ってきますって玄関を出て、やっと駅の待合スペースには行けるようになったんだよ。まだ、自動ドアを越えて駅のホームには辿り着けないけど。二週間ちょっとかかって、進歩はしてるの」

地道に、少しずつ進んでいく。階段を上がるように、一歩ずつ。確実に。

ほかの生徒達が登校する中に紛れ込み、足が止まって動けなくなる場所まで歩く。それが、転校した中学校に通うとき、自分で編み出したオリジナルのやり方だった。

高校という新しい環境が不安でしかたなく、中学校では保健室に登校できていたのに、それさえもできなくなってしまった今。できていた頃を知っているだけに、後退してしまっている気がして、とても焦る。

「自分で頑張れるのは、瑛麻ちゃんのいいところよ。でも、自分で自分をいじめないでね」

いじめ、というフレーズに、敏感に反応してしまう。嫌悪感と憎悪から、黒い感情が腹の中に渦巻き始めた。

「ほら……よくね、言うじゃない？　自分の敵は自分だって。その思想は、カッコイイと思うわ。アスリートとか、そういう人達には必要だと思う。思うんだけど……ばあちゃんは、自分が自分の敵になってはいけないと思ってる人間なの」

大好きな祖母でも、自分の思想を否定されると、反発心を抱いてしまう。

「なんで？　だって、甘えが出てしまうのは、自分の弱さが原因だからでしょ？」

そんなんじゃダメだ。もっと頑張れと、己自身を鼓舞しなければ、次のステージには進めない。弱さを認めてしまうのは怠惰だ。進化も進歩もすることができず、人間的な成長を止めてしまうことに繋がる。

　鼻息が荒い瑛麻を落ち着かせるように、祖母は諭すような口調で話を続けた。

「そういう考えも必要よ。悪くないし、ばあちゃんは、その考え自体を否定したいわけじゃないの。ただ……自分が最善を尽くして頑張っているのは、自分が一番よく知ってるじゃない？　もっと、もっとって追い詰めるだけじゃなく……その頑張りも、自分で認めてあげてほしいの。今日も頑張ってるね、ここまでやれたね、って。自分の敵は自分でも、自分の味方も自分なのよ」

　祖母は席を立ち、瑛麻の隣の椅子に腰を下ろす。そして、頑なに祖母の自論を聞き入れようとしない、思春期の孫娘を抱き寄せた。

「ばあちゃんは、瑛麻ちゃんの味方よ。梨々華ちゃんも、瑛麻ちゃんのお母さんも味方。じゃあ……瑛麻ちゃん自身は？　瑛麻ちゃんを追い詰めるだけじゃなくて、ちゃんと瑛麻ちゃんの味方をしてくれているかしら？　こんなんじゃダメ、もっと……もっと！　って。疲れきってしまった瑛麻ちゃんに、鞭打つようなことをしていない？」

　不意に、目の奥が熱くなる。

　前の中学校は、やつらの行いが原因で通えなくなってしまった。けれど、やつらの行いに屈してしまった自分自身が今でも許せない。

　そして最終学歴は高卒であってほしいという両親の希望を叶えるため、本心では高校に通いたくなかったけれど、嫌々ながら受験した。自主勉強を頑張ってきた自分を裏切りたくなくて、埋められるだけ答案用紙を埋めた結果、合格してしまった普通科の高校。集団の中で生活をしていくため、再び与えられたリトライの場。大好きな祖母に迷惑をかけたくないという気持ちが根底にあり、次こそはちゃんとしなくてはと、気持ちばかりが焦っていた。

こんな自分じゃダメだ、こんな私でごめんなさい、普通にできなくてごめんなさい。そんな劣等感と焦燥感で、高校の入学式を迎える何日も前から、心も頭もパンパンだった。

「ばあちゃんは、瑛麻ちゃんが大事よ。瑛麻ちゃんが生まれてきてくれてすごく嬉しかったし、一緒に暮らせている今も幸せなの。可愛い、可愛い瑛麻ちゃん。とても大事な、ばあちゃんの宝物。死ぬことを選ばずに、生きていてくれて、ありがとう」

突如として、鼻の奥と目の奥に襲いきたツンとする痛み。涙腺は瞬く間に決壊し、込み上げてきた涙がボロボロとこぼれ落ちる。

（生きていてくれて、ありがとう……なんて）

そんな言葉、もらえると思っていなかった。

（私、迷惑しかかけてないのに……ッ）

嗚咽を押さえ込もうとする瑛麻の頭をなでながら、祖母は瑛麻の頭に頬を擦り寄せる。

「高くジャンプするためには、タメが必要でしょ？　今の瑛麻ちゃんが感じている苦しみや悩みは、いつかきっと糧になる。すぐじゃなくても、長い年月をかけて瑛麻ちゃんの中で肥やしになって、きっと役に立つ日が来るわ」

一定のリズムで背中をトントンとしてくれる祖母の手は、癒しのパワーでも出ているのだろうか。殺伐としていた心が、次第に落ち着きを取り戻していく。

「焦らないでね、焦らなくていいの。波に乗るのと一緒で、何事にもタイミングがあるんだから。ゆっくりじっくり、できることからやっていけば大丈夫よ。瑛麻ちゃんは、今のままで……十分に頑張ってるからね」

「ばっ、ばあちゃ～ん！　あぁぁあぁんッ！」

「よしよし。いい子、いい子よ」

母の胸でも、こんなふうに泣けなかった。

祖母の言葉を借りれば、今が、瑛麻にとっての泣くタイミングだったのかもしれない。頑なだった心は解きほぐされ、意固地になっていた思考が少しだけ柔軟になったかもしれない、という気がする。

トースターがチーンと鳴り、トーストの焼き上がりを知らせた。しかし祖母は立ち上がることなく、泣きじゃくる瑛麻を抱き締めて慰め続けてくれる。

祖母の温もりが心地よい。こんなにも安心感に包まれたのは、いつ以来だろう。

幼子のように泣きじゃくっていた瑛麻が泣きやんだのは、お下がりの制服を意気揚々と持ち帰ってきた梨々華が、リビングのドアを勢いよく開け放った頃。

トースターの中に入れたままだったトーストと、テーブルに置いたままだった味噌汁は、すっかり冷めてしまっていた。


気をつけてね、と祖母と従姉が送り出してくれたのは、今から数分前のこと。

梨々華が朝早くから受け取ってきてくれたお下がりの制服に袖を通し、リュックを背負った瑛麻は、いつものように「いってきます」と家を出た。

すでに、同じ方向へ向かう制服姿は見当たらない。みんなが登校する時間からは、だいぶ遅くなってしまっていた。

瑛麻の籍がある高校は、徒歩でも自転車でも溝口からは通えない。登校手段は汽車通学の一択だ。しかし今から駅に向かうと、一人では逆に目立ってしまう。だから今日は、リハビリはやめにして、別の場所に向かうことにした。

目的地は、いつもの楽楽福神社。鶯王の所だ。

楽楽福神社まで続く道の両側に広がる田んぼは、植えられたばかりの青々とした苗が一面に広がる。田んぼに張られた水は薄い雲が漂う空を映し、降り注ぐ陽の光を反射させ、水中で泳ぐオタマジャクシを外敵から守っていた。

石造りの鳥居の周辺には、汰一郎のバイクは見当たらない。今日は来ないのか、まだ来ていないだけなのか。連絡先を交換していなかったから、この場所で会えるかどうかは運次第といったところだ。

軽く頭を下げて鳥居をくぐり、拝殿で手を合わせ、参拝もそこそこに古墳の前へとやって来る。社の前に立ち、リュックを足元に下ろすと、その場にしゃがんで膝を抱えた。

「鶯王様……そこに居ますか？」

耳をそばだててみるも、返事はない。抱えている膝頭に額を押しつけ、話し続ける。

「私、鶯王様の生きてた時代に……タイムスリップしちゃったよ。当たり前だけど、広がってる景色は、今と全然違いますね」

唯一同じだったのは、山や川といった自然の産物。鬼住山があり、笹苞山もあった。そして微妙な違いはあれど、流れていた日野川。

あの頃から今に残っている……伝わっている、過去と現在を繋ぐ架け橋。変わらぬ存在に悠久の流れを感じ、畏敬の念を抱いてしまう。

タイムスリップした先で、大矢口命に仮の陣だと連れて行かれたあの場所に、今の楽楽福神社は建っている。だから……ここも、あの頃から今に続くかけがえのない場所なのだ。

（乙牛蟹さんは……ちゃんと、埋葬してもらえたのかな）

瑛麻が最後に見たのは、ドシャリと投げ捨てられた姿。あのまま、野ざらしで朽ちているとは思いたくない。魂の抜け殻となってしまった肉体であっても、せめて大牛蟹とは対面していてほしかった。

しかし、乙牛蟹が矢で射殺されたあの場には、鬼住山の面々から迷惑をこうむった人達も大勢居たことだろう。事切れた乙牛蟹に、積年の恨みを晴らすため、刃《やいば》を突き刺したりする輩もあったかもしれない。ボロボロになった弟の姿を目の当たりにした大牛蟹は、きっと腸《はらわた》が煮えくり返る程度ではすまないはずだ。

それもこれも、全部――。

「……私のせいで、乙牛蟹さん……死んじゃった」

『瑛麻のせいではない』

少年っぽさを残した凛とした声に、瑛麻は膝頭に押し当てていた顔を上げる。

社の前に、昨日と変わらぬ姿の鷲王が現れていた。

「鷲王様……」

ポツリと呟いた瑛麻に、鷲王は悲しげな笑みを向ける。憐れむような、同情するような、そんな微笑み。まだ詳しいことを話していないのに、鷲王はすべてを承知しているみたいだ。

昨日から、ずっと心に引っかかっていた疑問を口にする。

「鶯王様の記憶の中に……私は、居る？」

『居る。昨日、急に飛び込んできた』

「飛び込んできた？」

しかも、昨日。

「飛び込んできたって……それは、記憶が書き換わったたってこと？　上書きされた感じ？」

この発想は、飛躍しすぎているだろうか。自分の発言に自信が持てない瑛麻に、鶯王は固い表情で頷く。

『あぁ、そうなる』

鶯王の肯定を受け、ドクリ……と、瑛麻の心臓がひと際大きく脈を打つ。それが合図であったかのように、トクトクトクトクと、早鐘のような速度で鼓動を打ち始めた。

急激な血圧の上昇により、カタカタと震え始める手。気が高ぶり、興奮状態に陥ってしまった瑛麻は、冷静であれと自分に言い聞かせる。

閉じてしまいそうになる声帯を押し広げ、甲高く、震える声を絞り出した。

「じゃ……じゃあ、それまでの……。記憶が書き変わる前の、乙牛蟹さんが死んだ理由は……なんだったの？」

瑛麻がタイムスリップをしなかったバージョンの、死因が知りたい。私のせいで、という自責の念を少しでも軽くしたかった。

『死んだ理由は変わらぬ。大矢口命が放った矢で絶命した。笹団子を奪おうとした事実も変わらない』

「だったら、どっちにしろ……乙牛蟹さんは、あのときに死んじゃうのね」

よかった、と安堵する気持ちと、そんなぁ〜とやるせなく切ない感情が共存する。

そして乙牛蟹の死の原因が、瑛麻であろうとなかろうと、変わらない事実がただひとつ。それは、仲のよかった頼りがいのある弟を、大牛蟹は亡くしてしまったということ。

大切な家族であり、信頼していた右腕を失った大牛蟹の嘆きは、想像してもしきれない。

「乙牛蟹さんが死んでしまって……大牛蟹さんは、どうなったの？」

『戦いは、より激化したらしい……。しかし、勝ったのは父君だ。神からの助言を受け、勝利を収めることができた』

だが……と、鶯王は悲しげに目を伏せる。

『家族を殺され、負けを認めて敵に下る心境というのは、いかばかりのものであったか。胸が張り裂けるような、という言葉では、表しきれないものであっただろうな』

まるで他人事のような口振りに、瑛麻は引っかかりを覚えた。

「そのときの様子は、覚えてないの？」

『私は、大牛蟹が降参する場には居なかった』

え？　と驚く瑛麻に、鷺王は悲しげな笑みを浮かべる。

『その前に、殺されていたから。死んでしまったから、知らないのだ。武功を立てたのは、別の人間。私は……大将に任ぜられたのに、なにも成し得なかった。父君の期待に、応えることができなかったのだ』

誰も死者を出さなかった、という説と……鷺王だけが亡くなった、という言い分。どちらが真実だろうと、今、ここに居るのは鷺王。だから、きっと……そういうことなのだ。

ちなみに、と鷺王はニヤリと笑う。

『私は地縛霊ではないぞ』

「えっ！　違うの？　てっきり、未練があるものだと……」

ドギマギとぎこちなくなってしまった瑛麻に、鷺王は楽しそうに声を立てて笑った。

『私は、普段からここに居るわけではないよ。今は、突如として変わってしまった大牛蟹の気配が気がかりで……こっちに来ているだけだ』

瑛麻は死んだ人が見えるような霊感持ちではないからわからないけれど、先祖代々の墓にも、仏壇の位牌にも、故人の魂が常にあるとは思っていない。普段はあの世に居るのか、この世を漂っているのかわからないけれど、手を合わせて拝んでいるときには近くに居てくれているのでは、という考え方だ。

鶯王の言い方からすると、あながち、その認識で間違いないのかもしれない。

「そういえば、大牛蟹さんには、墓や神社はないの？　この地を守ってくれていたんでしょ？」

あの戦で孝霊天皇に敗れた大牛蟹は、北の守護を承っている。

この北というのは、出雲勢力や朝鮮半島など、日本海側から攻めてくる勢力のこと。北の守護ということは、これらの勢力に対して戦い、孝霊天皇についた民の土地を護ることを意味していた。

そんな重大な役目を果たした人に、なにか残っていてもいいはずだ。

『すまない。私には、わからぬ。情けない話、なにも知らぬのだ』

「そっか。そうなのね……」

じゃあ今の時代、汰一郎が捜している大牛蟹は、どこに居るのだろう。

この楽楽福神社や孝霊天皇が座った石と伝わっているような物があるのなら、大牛蟹の縁《ゆかり》として、なにか手がかりが掴めるかもしれないのに。

昨日の汰一郎は、自分の能力を駆使して、鬼住山で姿が消えてしまった瑛麻を捜し出したと言っていた。念能力的な力と説明を受けたけれど、それはおそらく、一般人は持ち合わせていない、なにか霊的で特別な力なのだろう。そんな力を駆使して大牛蟹を捜すのなら、一緒に行きたいと強引について行った瑛麻は、とんだお邪魔虫だったに違いない。

「おぅ、ＪＫ！　今日もサボりか」

「モモタロウさん！」

噂をすれば影が差す、ではないけれど……タイミングよく登場した汰一郎に、瑛麻はドキリとしてしまった。

汰一郎の登場によって、ぎこちなく引きつっていく瑛麻の表情筋。愛想笑いを浮かべているのか、ゲッ……という心境が顔に出てしまっているのか、自分では判断がつかない。

だるそうにあくびを噛み殺している汰一郎は、今日もモジャモジャの髪を後ろでひとつにくくり、手入れしているのか定かではない無精髭を生やしている。着ている服が違うから、昨日は拠点のホテルに戻ったのだろう。

拝殿の前で礼をし、柏手を打って参拝をすませた汰一郎は、瑛麻と鷲王の元へやって来る。瑛麻は少し緊張した心持ちでソソソ……とナチュラルに移動し、汰一郎と鷺王からパーソナルスペースを確保した。

「鷺王様は、今日もこちらにおいでで？」

親しい友人にでも会ったような調子で、汰一郎は鷺王に笑いかける。鷺王も、大矢口命に向けていたような、心を許した相手に向ける笑みを浮かべた。

『あぁ。やはり、気になってしまってな。汰一郎のほうは、どうだ？　なにか手がかりを掴めただろうか？』

「いや～……残念ながら」

汰一郎は腰に手を当て、頭を横に振る。

「ご期待に添えず、申し訳ない。なんも進展なしっすわ。気配は感じるのに、なかなか大牛蟹の居場所が掴めません」

報告を受け、鷺王はシュン……と、わずかに肩を落とす。

『やはり、場所の特定は難しいか。わからぬと瑛麻には答えたけれど、おそらく、どこかに依代《よりしろ》となる物があるはずだと思うのだ』

「依代？」

疑問符を浮かべると、鷺王と汰一郎が同時に「そうだ」と頷く。

「神社で例えるなら、御神体だな。鏡だったり、磐座《いわくら》だったり、御神木の樹だったりさ」

『私で言えば、この場所がそうだ』

「なるほど……だから鷲王様は、神社の拝殿や本殿じゃなくて、こっちのほうに姿を現すのね」

そんな理由があったのか……と、なんとなく理解する。

「気配があるんだったら……やっぱり大牛蟹さんにも、そういう依代があるってことじゃない？」

「俺も、あるんじゃないか……とは思う。しっかし、語り継いでいかないと、なにも残らないからなぁ」

なにも残らない。

たしかに、そうだ。

鬼住山の鬼退治として伝説が残っているからこそ、孝霊天皇と大牛蟹の戦いが、今なお伝わり残っている。

「そう、だよね……。伝承も昔話も……親から子とか、地域で語り継がれるから、忘れられずに残ってるんだもんね」

「そう。しかも、負けた側の物語は、内々にしか語り継がれない。命を狙われる危険にさらされて逃れてきた武将の一族とか、大っぴらになってないだろ？　負けた側の歴史は、決戦のその後がわからない。まぁ、勝った側が語るんだから、そんなもんさ」

勝てば官軍負ければ賊軍。もし、あの戦で大牛蟹達が勝利を収めていたら……語り継がれた事柄は、今に伝わる物とはまったく違う内容になっていたことだろう。

「大牛蟹が確実に居たと、唯一判明しているのは鬼住山だ。なにかあればと、瑛麻の家を出てから、もう一度鬼住山に登って残留思念を探ってみたが……辿れるほど残ってはいなかった」

「残留思念って、想いっていうか……その場に残る記憶みたいな感じ？」

自分の頭で想像を巡らせて結論を導き出してみたものの、疑念の眼差しを向けた瑛麻に、汰一郎はひどく真面目な表情で頷く。

「残留思念とは似て非なる種類のものになるけど、霊魂も残っていたりする。今でも遺跡の近くには、その時代を生きた縄文人や弥生人の姿を見る、なんて話もあるくらいだ。実際、俺も目にしたことあるし。遺跡でやってるイベントに行って、取り憑かれて帰ったなんて人も知ってるぞ」

「えっ、そうなの？」

現代人と混じり、遺跡でウロウロする縄文人や弥生人の姿を想像してみた。

現代人達と、時間と空間が重なり合い、交錯する。なんとも不思議な感覚だ。違う時間軸を生きていた人が、今に影響を与えるなんて。

「でも、そっか……。私と鶯王様が、お互いに姿を見て会話をしてる。そういうことよね？」

「そ。だから、大牛蟹も例外ではない。それに……新たな縁《えん》が結ばれたから、格段に見つけやすくなるとは思うんだ」

『そういうことだ』

「新たな縁？」

またもや疑問符を浮かべる瑛麻の頭に、汰一郎はポンと手を乗せる。

「そう、瑛麻と大牛蟹。タイムスリップした先で、出会ったんだろ？　袖振り合うも他生の縁という言葉は、ただ便利な言葉として存在しているだけじゃない。縁は、生じるものなんだ」

ならば、瑛麻と汰一郎にも、なにかしらの縁があったということだろう。ただの不審者だと思って遠ざけようとしていた男に、頭をポンとされて、心がフワッとするくらいなのだから。

（心が、フワッ……？）

なんでッ？　と戸惑いつつも、頭に置かれた、汰一郎の大きくて温かい手のぬくもりを心地よく感じる自分が居る。

自覚したら、なんだか急に気恥ずかしくなって、瑛麻はスッと頭を退けた。

汰一郎は瑛麻の頭から離れた手になんの疑問も抱いた様子はなく、そのまま腰に当てる。

「大牛蟹の気配自体は、この溝口に来る前から掴んでるんだ。今探しているのは、本体ってか……核な。それをどうにかしないことには、やつらが動き出しちまう」

「やつら？」

瑛麻の知らないことばかり。説明を求めることに心苦しさを感じ始めていた。

「うん、やつらっていうのは——」

説明をしようとしてくれていた汰一郎の表情が、不意に険しくなる。鷲王も、なにか気配に気づいたのか、神妙な表情を浮かべていた。

「っ！　ヤベッ」

『汰一郎！』

「鷲王様、行きますッ」

先越された！　と、挨拶もそこそこに汰一郎は走りだす。つられるように、リュックを掴んだ瑛麻の足も勝手に動いていた。

「瑛麻は、ここに居ろ！」

「でも！」

なんだか、一緒に行かないといけないない気がする。

食い下がる瑛麻を振り切るように、汰一郎は鳥居の脇に停めていたバイクに飛び乗ると、すぐにヘルメットを装着した。

ドゥルン……！　とエンジンを吹かせたバイクに、走ってきた勢いのまま飛び乗る。

「――ッ！」

汰一郎の抗議する気配を察知したけれど、気づかないフリをした。力の限り、汰一郎の腰にギュッとしがみつく。

「あ～クソ！　しかたねぇなぁッ！」

瑛麻を説得する時間さえも惜しいのか、汰一郎は「チッ」と小さな舌打ちをし、瑛麻にヘルメットを投げ渡した。

五

焦る汰一郎によって、乱雑に渡されたヘルメットの紐は、瑛麻サイズのままだった。顎の下でパチンと閉じると同時に、マフラー音が響く。遮るものがなにもない田んぼに囲まれた場所だから、けたたましい音に、自宅警備員と化している家人達は眉間にシワを寄せているかもしれない。

「うわっ！」

グンッと引っ張られるように上半身が取り残され、慌てて汰一郎の腰に腕を回す。昨日、鬼住山に向かったときと違い、今日は速度に加減がない。それほどまでに今回は余裕がないのか、前回は、よりいっそうの安全運転を心がけてくれていたからなのか。しかし、運転に関して文句は言えない。汰一郎の焦った様子から、緊急事態だと窺い知れるから。

民家の間をブォンと突っ切り、普通車が路肩からはみ出ないとギリギリすれ違いができない幅の車道を爆走する。

鬼住山の麓に位置する谷川という集落へ続くふたつ目のY字路には、関係者以外侵入禁止の看板が右側に寄せて立っていた。右側の道は山の中に続いていて、先になにがあるのかわからない。汰一郎は迷うことなく、バイクの速度も緩めずに、左側の道を選択した。

視線を道なりに向けると、畑の中にポツンと佇む石塔と石造りの鳥居。アスファルトで舗装された参道は、木々が群生する小ぶりの山の中に社殿が建つ、谷川神社へと続いていた。

汰一郎はなにを思ったのか、おもむろにバイクの速度を落とし、石造りの鳥居の前で停止させる。全神経を集中して、再び大牛蟹の気配を探り始めた。

瑛麻は、木々に囲まれて薄暗い空間の中に浮かび上がる拝殿を見つめる。タイムスリップから戻ってきたときに、汰一郎に助けられた長山神社と比べたら、こちらのほうが建物に年季があった。

(なんだろ……なんか、不気味?)

薄暗さのせいだろうか。神域である神社なのに、少し嫌な感じがして、汰一郎のシャツをギュッと掴む。

「……あっちだ」

汰一郎はポツリと呟き、後ろに瑛麻が乗ったままのバイクを軽やかにひるがえす。来た道を逆走して左を選択したY字路まで戻ってくると、ハンドルを左に傾けて、関係者以外侵入禁止の道を突き進んだ。

「モモタロウさん！　そっち、行っていいのッ？」

「ダメでも行くしかねぇんだよ！」

谷川神社を囲む山を迂回するように、アスファルトで整えられた車道。車道の両側に群生する竹林が、トンネルのように迫りくる。

頭上には、山々を避けるように架けられ、何本もの太く長い柱で支えられた高速道路。高い位置を走る橋架の下を通過すると、竹林の壁は木々の壁に様変わりした。

途端に視界が開け、目に飛び込んできたのは、細かく砕かれた石の峰。緑の世界から灰色の世界へ瞬時に切り替わってしまい、戸惑いを覚える。

うず高く盛られた砕石の山々と、同じ敷地内に停めてある黄色いブルドーザー。立派な二階建ての一軒家みたいな、白く四角いプレハブと、赤い自動販売機が道路の左側に現れる。

右側には、製造工場のように、山肌に沿って鉄筋で足場が組まれた採石場。安全第一と書かれた看板のサビ付き具合から、かなりの年月を経ているのではないかと推測した。

汰一郎の体の動きから、ハンドルを右に向けたと察知する。しかし、そっちは明らかに、工事車両専用に用意されているであろう道。何往復もしているダンプカーのタイヤ痕が、クッキリと残っている。

「そっちに行ったらダメじゃないのッ？」

「いんだよ！」

声を張り上げた瑛麻に、短く応じる汰一郎。

（でも、ホントに入っていいの？　絶対、一般人は入っちゃダメなところだよ）

工事車両専用道の傾斜は徐々に強くなり、一般道からどんどん遠ざかっていく。

なだらかに傾斜する坂を下りながら、Uピンみたいに急なカーブを曲がり始めた。

ザザザ……ッと砂利で滑りそうになりながらも、バイクのスピードは緩めない。

急カーブを曲がりきった先に広がったのは、先ほど見たものとは比べ物にならない、だだっ広い採石場。点在する稼働していない大型のショベルカーが、作業員の不在を知らせていた。

採石されているのは、見上げるほどに高い壁と化している、標高百メートル以上はあるであろう山。切り崩された山肌は、階段のように段が形成されていて、デイダラボッチならば一段飛ばしで登ってしまえそうだ。山頂から麓まで、あらわとなっている見事な地層が、長い年月、この場で採石が行われていると伝えていた。

続いて瑛麻の目に飛び込んできたのは、校舎や校庭を含めた中学校の敷地よりも広い採石場で暴れている……赤い体の——鬼。

赤鬼が、黒い装束を着た三人の人間達に囲まれ、攻撃を受けている。

三人それぞれが手にしているのは、刀。形状は、江戸時代の侍が持っていた日本刀のように見えた。

ドンッと、バイクが急停止した反動で、瑛麻は勢いよく汰一郎の背中に激突する。ヘルメットのおかげでどこもぶつけなかったけれど、首は少しだけ痛かった。むち打ちになってなければいいんだけど……と思いつつ、ヘルメットの傾きをクイッと直す。

「瑛麻は、ここで待ってろ！」

「えっ、ちょっとーぉ！」

汰一郎は転倒しないようにバイクを安定させ、ヘルメットを脱ぎながら瞬時に降りると、流れるような動作でダッと駆け出した。

完璧に、置いてけぼり。瑛麻の存在は放置だ。

（そりゃ、たしかに……無理やりついて来たけどさぁ）

心の中でブチブチと文句を言いながら、カチリとヘルメットを外す。ヘルメットの圧迫感から解放され、髪の毛の間を通る風が心地よい。

（なんて、開放感に清々しくなってる場合じゃないのよ！）

これから、どうすべきか。

ただヘルメットを両手で持ち、汰一郎が戻ってくるまでジッとしているのは暇すぎる。それに状況をなにも把握しなければ、ここまで引っついて来た意味がない。

赤鬼も、日本刀を手にする人間達も、どちらも気になる。

（危なくないところまで、近づいてみよ）

バイクの荷台にヘルメットとリュックを預け、汰一郎が飛ぶように走っていった方向へ進んでみることにした。

ジワジワと距離を見計りながら近づいていく瑛麻の耳に、ワーワーと喚声にも似た声が届く。

人を乗せていないショベルカーの陰に隠れながら、ひょっこりと顔を覗かせてみる。

だだっ広い採石場の中で、赤鬼と黒装束の三人、そして汰一郎が三つ巴の戦いを繰り広げていた。

汰一郎との身長差から換算するに、赤鬼の身長は約二メートル十センチくらい。頭から生えている二本の角は、九十センチ近くはあるだろう。

汰一郎が、大牛蟹の気配を探り、辿り着いた先に居る赤鬼。

「あれが……大牛蟹さん？」

タイムスリップしたときに会った大牛蟹とは、まるで別人だ。あのときに会った大牛蟹は、普通の、大柄の人間だった。

（なんで、大牛蟹さん……あんな姿になってるの？）

人間だった頃の面影は微かに残っているものの、意識して観察しなければ気づけない。鬼の館ホールの屋根に座るオブジェのほうが、今の姿に近かった。

戦闘の邪魔にならないように、距離を置いている瑛麻の耳は、かろうじて会話を拾い上げる。

「何者だッ？　邪魔をするな！」

「うるせぇ！　お前らのほうが邪魔なんだよ」

やあ、なにしてんの？　といった軽い感じで交わされた乱暴な言葉達。旧知の間柄ではないみたいだが、初対面にもかかわらず、互いに遠慮がない物言いだ。

汰一郎は黒装束の一陣に加わるのかと思いきや、大牛蟹と人間達の間に割って入っている。大牛蟹対人間という、戦いの構図を崩したいみたいだ。

でも、鬼と化した大牛蟹と戦っているということは……あの黒装束の人達は、人間の味方であるはず。なぜ汰一郎は黒装束の人達に向き合っているのか、瑛麻にはわからなかった。

「俺に任せて、大牛蟹から手を引いてもらおうか」

汰一郎も抜き身の刀を構え、白髪交じりで、前髪をオールバックにした代表者みたいな男を睨みつける。

わずかに反りがある刀は、陽の光を受けて照り輝く。鍛錬された鋼の輝きは、息を飲むほどに美しい。

（でも、モモタロウさん……。あんな刀……どこに隠してたんだろ？）

バイクには、棒みたいな形状の物は取りつけられていなかった。荷物にも紛れていなかったし、汰一郎自身も携えていなかったのは、腰に腕を回してしがみついていた瑛麻が一番よく知っている。

キィン……チッ、ガィーンッとぶつかり合う、刀の甲高い音。モスキート音ほど高くはないけれど、どことなく不安をあおる。不快な音として瑛麻は認識した。

「母さん！　なんで一般人が、あの刀持ってんのッ？」

焦りを帯びた少年の声が耳に届き、三人の内一人が子供であると認識する。少年の問いに対して、知らないわよ！　と言葉を返す黒装束の淑女が、呼びかけのとおり母親なのだろう。

赤鬼に斬りかかろうとするも、ことごとく汰一郎に阻まれている少年は、背格好から判断して、瑛麻と同じくらいの年頃かもしれない。少年は同級生かもしれないという可能性が頭をよぎると、キュッと痛みを伴って、胃が少し締めつけられた。

この場から離れて逃げ出そうにも、足の裏に根が生えたように動かない。瑛麻は立ち尽くし、汰一郎や赤鬼、黒装束の三人をひたすら傍観するだけだった。

（コロッセオみたいに、広大な闘技場で対戦しているみたい……）

一番難儀しているのは汰一郎だと、瑛麻は思う。

黒装束の三人から守ろうとしている、赤鬼である大牛蟹からも攻撃を受けていた。理性を失い、魔獣のように見境なく暴れる大牛蟹。鋭く尖った爪は、熊のように黒かった。

汰一郎は前後左右すべての攻撃をギリギリでかわし、いなして、互いに争うことをやめろと、声を大にして訴えている。

汰一郎が一番したいことは、今この戦いをやめさせることで間違いないみたいだ。

オールバックの男が、剣先を汰一郎に向けたまま足を止める。淑女と少年も、リーダー格のオールバック男に倣って、刀を構えたまま足を止めた。

「思い出した。お前が噂の男か！」

大牛蟹を庇うように右手を広げ、左手一本で刀を構える汰一郎は、オールバック男の言葉にピクリと眉を動かす。

「連盟から連絡が来ているぞ。離反者のくせに、邪魔をしてくると」

フッと汰一郎は小さく笑い、チャキリ……と鍔を鳴らした。

「俺も有名人の仲間入りってか？」

汰一郎の軽口に、オールバック男は逆上する。

「ふざけるのも大概にしろ。エースであったと噂は届いていたのに、情けないことだ……百々山汰一郎！　追儺衆が鬼を庇ってなんとする。孝霊天皇の御世から続く、理念と目的を忘れたわけではあるまい！」

「その手段に、疑問を抱いたから抜けたんだよ」

背後の大牛蟹に警戒しながら、汰一郎は静かに答えた。汰一郎の言葉に、オールバック男は青筋を浮かび上がらせる。

「暴れる鬼に、もう負けていることを思い出させてやることの、なにが疑問なのだ！」

「手段が気に入らねぇんだよ！」

マジふざけんな……ッ！　と、汰一郎は吐き捨てた。

「そう何度も、悔しい感情を呼び起こしてやらなくても、鎮める手立てを考えられねぇのか」

「その手立てがないからこそ、同じやり方が二千年以上も続いているのだ！」

オールバック男も、主張を譲らない。オールバック男の鋭い視線が、遠巻きに傍観している瑛麻を貫いた。

「それに、一般人を巻き込んで、なんのつもりだ？　追儺衆の掟さえも忘れたか！」

なにやら、面倒な方向に話の矛先が向いてきたみたいだ。オールバック男が言う一般人とは、明らかに瑛麻のこと。

追儺衆とは、一般人には存在を知られることなく、鬼を退治している集団なのだろう。

（そんな組織のエースだったのが、モモタロウさん？）

太一郎の立場としては、やはり、瑛麻を連れてきてはいけなかったのだ。瑛麻のワガママが、太一郎にとって不利に働いてしまっている。

（どうしよう……）

昨日も、今日も、瑛麻はよけいなことしかしていない。お荷物感が否めなくて、この場から存在を消し去りたくなってきた。

「瑛麻！」

太一郎の声に、詰めていた息を吐き出す。はぁ……と大きく深呼吸して、罪悪感にさいなまれ始めた気持ちのまま、太一郎に顔を向けた。

「瑛麻！　足手まといなんかじゃねぇぞ。お前にしかできないことを頼みたい」

「私にしか……できないこと？」

そうだ！　と大きな声で答えながら、太一郎は背後から襲ってきた大牛蟹の攻撃をヒラリとかわす。大牛蟹の背後を取って重心を崩し、巨体に膝をつかせた。

「大牛蟹と面識できたんだろ！　なんか話しかけて、正気を呼び戻せ」

「え……っ？」

こんな、理性を失っていそうな状態の大牛蟹に？

「むっ、無茶言わないで」

どう考えても、無理だ。なんの特別な力もない瑛麻に、なにかできるはずがない。ただ一度会っただけの瑛麻の声なんか、大牛蟹も覚えているわけがないに決まっている。

「あれだ、とりあえず、意識を瑛麻に向けさせろ！　名前を叫べ」

「名前を叫べって、そんな……」

瑛麻の声が、あんな状態の大牛蟹に届くのか。

大牛蟹は足のバネを使って跳躍し、汰一郎を背中に乗せたまま、瑛麻の頭上——ショベルカーよりも高く飛び上がる。汰一郎は振り落とされないように大牛蟹の髪の毛を掴んで胴に足を回し、刀を持っていたはずの左手を大牛蟹の首に回していた。

（あれ……？　モモタロウさん、刀落としてる？）

地面に落としたのかと視線を走らせるが、どこにも、なにも落ちていない。

「うぉおおおおあぁわ！」

雄叫びにも似た汰一郎の悲鳴に、瑛麻は慌てて頭上を見上げる。空中にもかかわらず、自在に動く大牛蟹によって、汰一郎は振り落とされてしまった。

「あっ！」

このままでは、背中から地面に激突してしまう。

汰一郎がそんな状態でも、黒装束の三人は大牛蟹に向かって行く。人命より、大牛蟹のほうが優先なのだ。

（どうしよう！　私、どうしたら……）

真下に移動して両手を差し伸べようにも、瑛麻のほうが潰れてしまう。だけど、目の前で汰一郎が死んでしまうほうが嫌だ。乙牛蟹のときみたいに、なにもできないのは嫌だった。

「モモタロウさんッ！」

両腕を伸ばして走りだそうとした瑛麻の近くに、汰一郎は猫のようにキレイな宙返りで衝撃を逃がしながら、タンッと軽やかに着地する。

「うっへ〜！　ヤバッ、怖ッえー！」

言葉とは裏腹に、顔にはうっすらと笑みを浮かべていた。

楽しんで浮かべる笑みなのか、緊張を緩和させるために浮かべている笑みなのか、瑛麻には判断がつかない。けれど、一番肝心なのは——。

「無事で、よかった……」

安心して、ヘナヘナと座り込んでしまう。なにが解決したわけでもないのに、一気に脱力感が襲いくる。

「瑛麻。やっぱり、大牛蟹の名を何度でも呼んでほしい」

「えっ、なんで？」

「さっき、俺を呼んだ瑛麻の声に反応があった。意識が、そっちに逸れたんだ」

いつの間にか、再び手にした刀を構え、汰一郎はニッと歯を見せた。

「とりあえず、大牛蟹を俺が捕えちまえば、やつらに手出しはさせない。頼んだぞ」

指示だけ出して、汰一郎は黒装束達に囲まれている大牛蟹を目がけて走りだす。

瑛麻は言われたとおり、腹の底から大きな声を出し、大牛蟹の名を叫び続けた。

「陽平《ようへい》！　あの一般人を取り押さえろ」

「はいっ」

オールバック男に指示され、黒装束の少年――陽平が瑛麻のほうへと駆けてくる。

(取り押さえろって、なにッ？)

捕まるのは嫌だったから、全力で逃げることにした。

「大牛蟹さ～ん！　私だよ、瑛麻だよー！」

ショベルカーの陰から出て、叫びながら走るから、すぐに息が上がってしまう。さすがに陽平は訓練を受けているようで、すぐに追いつかれてしまった。

「ヤダ！　触んないでッ」

掴まれた手首を振り解こうと、全身全力で暴れる。バランスを崩しそうになったけれど、構うもんか。

「ちょっ、おとなしくしろって！」

ジャッと、ローファーの裏が砂利で滑る。背中から倒れそうになった瑛麻は、すんでのところで陽平に抱きかかえられ、衝撃からは免れた。

しかし、いつの間に接近していたのだろう。陽平の肩越しに、大牛蟹の姿が見える。大牛蟹の背後には、オールバック男と淑女に邪魔をされながら、焦った様子で「待てーッ！」と叫んで走ってくる汰一郎の姿がスローモーションのように見えた。

巨大な金棒が、なんのためらいもなく振り下ろされる。

「――ッ！」

陽平の腕に力が籠るのを感じながら、瑛麻はギュッときつく目蓋を閉じた。


轟々ビュオオォォと、渦巻くような風の音がうるさい。

暗い意識の中、また遠くから聞こえてくる喚声に、瑛麻は少しずつ意識が覚醒していくのを実感した。

(そういえば……覚悟してた、衝撃がきてないよね)

大牛蟹の振り上げていた金棒は、空を切ったのだろうか。それとも、衝撃で脳を揺さぶられ、記憶が欠落してしまっているのかもしれない。

とにかく状況を確認するべく、慎重に目蓋を持ち上げた。

ぼやぁ～と見えてきたのは、覆われた木々の隙間から見える灰色の空。背中と後頭部に感じるのは、ゴツゴツとした地面の冷たさ。目の前には、瑛麻に覆いかぶさり、黒装束の衿が少し緩んでいる陽平の胸元。

慌てて飛び起きようとしたけれど、グッと肩を押さえつけられて動けない。

「動くな」

緊張感を帯びた陽平の声に緊急事態だと察知し、ひとまず抵抗することはやめた。陽平の顔は瑛麻を向いておらず、意識は周囲を警戒するように、外へと向けられている。ゴクリと生唾を飲み込んだ動きに連動して、発達途中の喉仏が動く。瑛麻も慎重に聞き耳を立てた。聞き取れる声の人数は明らかに増えているし、視野に収まる景色も採石場ではない。微かに煙の臭いも混じっている気がする。

（ってか、いつまで私この体勢なのよ！）

どうにも陽平に組み敷かれるような格好が嫌で、抜け出すべくモゾリと動く。

「だから、ダメだ！　動くなってッ！」

陽平に再び肩を押さえつけられ、行動が制限される。顔の距離も近くて、本能的に顔が熱を帯びた。

「んぐぐ～ぅ！」

陽平の咄嗟の判断により、黒い手甲をつけた手の平で口を押さえられ、悲鳴も不発に終わる。焦りと動揺に表情を固くしている陽平は、苛立ちをあらわに、瑛麻の耳元に顔を寄せた。

「ジッとして！　動くんじゃない」

距離の近さに、頭の中が真っ白になる。とにかくパーソナルスペースを確保したくて、コクコクと必死に首肯を繰り返す。陽平も瑛麻に頷き返し、もう一度注意深く周囲を確認した。

「よし、今だ。こっち！」

真剣な表情で手を引かれ、寝転んだ状態から強引に立ち上がらせられると、二人して近くの木の影に滑り込んだ。人二人が完璧に隠れるには木の幅が足りないけれど、風避けとなる簡易的な壁の役割は果たしてくれている。

陽平は少しだけ緊張を緩め、瑛麻に話しかけてきた。

「アンタ、その制服……高校生？　見ない顔だけど、何年？」

見ない顔、ということは、同じ高校なのだろうか。それとも、小学校でも中学校でも見たことがない顔、という意味かもしれない。

瑛麻は引っ越してきてから、中学校には数えるほどしか登校していない。しかも、登校したとしても保健室。同じような保健室登校の生徒としか、瑛麻も顔を合わせたことがなかった。

陽平は同級生なのか、年上なのか。恐るおそる、人差し指を一本立てる。

「一年か」

（まぁ、通っていれば、だけど……）

心の中で補足し、ふたつ年下か、という陽平の呟きを聞く。

「今は授業中だろ。学校はどうした？」

同学年ではないからだろうか。わずかに喉の締めつけが緩み、声帯が広がる。

「先輩こそ……ふたつ上なら、受験生ですよね。休んでていいんですか？」

なんとか、か細いながらも、蚊の鳴くような声が出せた。

喚声や暴れ狂う風の鳴る音に掻き消され、陽平の耳に届かなかったかもしれない。けれど陽平の表情がムッと不機嫌なものに変わったから、か細かった瑛麻の声は、ちゃんと届いていたと確信が持てた。

「僕だって、本心では休みたくなかったさ！　でも、滅多にない実戦だからって、駆り出されて……」

（実戦、ね）

それは、鬼の姿になっていた大牛蟹と戦うこと、だろう。追儺衆と言っていた気がするけれど、どんな組織なのか、想像することしかできていない。尋ねたら、陽平は素直に答えてくれるだろうか。

「っ……危な！」

考え事をしていた瑛麻の耳に、陽平の声とカンッとなにかを弾く音が重なって聞こえる。足元に、バキリと折られた矢が転がった。

（動体視力、すごっ！）

向かってくる矢を弾き折るなんて、豪速球の野球ボールを打ち返すくらい、ピンポイントの集中力が必要となるだろう。

陽平の手には、大牛蟹に立ち向かっていたとき手にしていた刀が握られている。つい先ほどまで、なにも手にしていなかったのに。いったい、どんな仕組みになっているのだろう。

「その刀……」

「あぁ、これは念の力で作り出してる、追儺衆の刀だよ」

陽平自身から、追儺衆という単語を出してくれた。聞くなら、今がそのタイミングかもしれない。

「そもそも、その追儺衆って……なに？」

瑛麻の質問に、陽平はウッと言葉を詰まらせる。逡巡しているように視線をさ迷わせていたけれど、この状況では説明するほうが得策だと考えてくれたのだろう。追儺衆ってのは――と、渋々ながら説明を始めてくれた。

「第七代孝霊天皇の御代から密かに続く、国の平安のために各地の鬼と呼ばれる存在を討伐したり監視したり……簡単にいえば、鬼退治をする専門組織なんだ」

「鬼退治？」

「そう。桃太郎の鬼退治は、昔話の絵本なんかにもなっているくらい有名だから、知ってるだろ？」

うん、と瑛麻は頷く。

桃太郎、浦島太郎、かぐや姫、サルカニ合戦は、日本昔話の定番中の定番だ。

「桃太郎のモデルとなったのは、岡山の温羅《うら》という鬼を退治した吉備津彦《きびつひこ》のこと。この吉備津彦という方は、孝霊天皇の三男にあたるお方だ」

父である孝霊天皇は、大牛蟹を始め、日野のほうの鬼や土蜘蛛も退治したと伝わっている。あの有名な桃太郎が息子だなんて、家族総出で日本中の鬼を退治しているのではなかろうか。

「鬼退治一家……？」

「まぁ、簡潔な言い方をするなら、そうかな。今のメンバーは、孝霊天皇と討伐に参加していた子孫達が七割くらいだと思う。ウチの家も、孝霊天皇と一緒に大牛蟹達を退治した大矢口命が始祖だし。あとの三割は、才能や能力がある普通家の人間が、スカウトされて入ってきてる感じかな。みんな普通の仕事もしつつ、全国に散らばって現代でも活動してるんだよ」

「あの、ちょっと待って！　さっき、大矢口命って……」

陽平の口から出てきた名前に、敏感に反応する。あまりにサラリと言うものだから、聞き流してしまうところだった。

「あぁ、知ってる？　乙牛蟹に矢を射たと伝わっている大矢口命は、蘆立《あだち》家の先祖だよ。今は楽楽福神社の宮司を務めている家だけど、あの地を守ると約束した、大牛蟹のお目付け役みたいな役目も担っていたみたいなんだ」

「そんな……」

陽平が、瑛麻を気にかけ助けてくれ、乙牛蟹の命を奪った張本人である大矢口命の子孫だったなんて。

（そういえば、少し面影が残っているかもしれない……？）

背の高さは全然違うけれど、目元や鼻筋、輪郭の雰囲気が、昨日会った大矢口命と重なる。

陽平と大矢口命は何十代と離れていて、間には、いろんな顔の造形の血が混じっているのに。一度それと認識してしまえば、そう見えてくるから不思議だ。

陽平はチャキリと鍔を鳴らし、目の高さに刀を掲げる。

「それからこれは、追儺衆が鬼の討伐に使う刀。僕達は物心がつくかつかないかくらいから、念を操る修行を始めるんだ。念が自在に操れて、出現させられるようになったら、今日の僕みたいに実戦に出られる。一人前になれているかどうかの、判断基準にもなる刀だ。実力によって強度も違うから、僕の刀は今みたいに矢を落とす程度しかできないけど……僕の師匠レベルになると、鬼の腕だって落とせる切れ味が実現できる」

「なら、モモタロウさんも……」

オールバック男から、離反者と言われていたから、その追儺衆のメンバーだったのだ。念で作り出された刀だったから、消えたり現れたりしていた。なるほど、と納得する。

「モモタロウ？　あぁ、百々山汰一郎のことね。あの人は、生きる伝説として、今の世代では超有名だよ。なんたって、この刀で鬼を一刀両断できるほどの凄腕だって話だから」

「そんなに、すごい人なの？」

あのモモタロウさんが？　と、にわかには信じられない。

寝袋で野宿しているし、見た目だってボサボサのモッサモサ。さっきの動きを目の当たりにしていなければ、陽平の説明を今よりも素直に聞き入れられなかったに違いない。

「僕も聞いたことがあるだけど……さっき話したこと覚えてる？　僕の師匠でも、鬼の腕が切り落とせるレベルですごいって言われてるんだ。それが、鬼を一刀両断だよ？　めっちゃすごいレベルってことさ」

能ある鷹は爪を隠す、という言葉がある。そんな実力者だとは見せない汰一郎がすごい、ということか。ニックネームはモモタロウ！　と言っていたからそう呼んでいるけれど、本当に桃太郎と関係があるのかもしれない。

念の刀を手にしたまま、今さらだけど、と陽平は改まる。

「僕の名前は蘆立陽平。こんな状況で、名前を呼べないのは不便だから、アンタの名前も教えてくれる？」

「金森……瑛麻、です」

先に名乗られ、教えてほしい理由まで付け加えられたら、名乗らないという選択肢が選べない。

「金森さん、ね。よろしく。修行中だけど、俺も追儺衆の端くれ。一般人は、必ず守るよ」

大矢口命と似ている、正義感の宿る強い眼差し。こういう部分も遺伝していくのかもしれない。血筋の神秘だ。

「さて、そもそもだけど……ここはどこだ？」

「それは、私も知りたいです」

広がる景色は山の中。明らかに、大牛蟹と乱闘していた採石場とは違う。天気だってよかったし、こんなに、台風みたいに荒れてはいなかった。

不意に、陽平が切り落とした矢尻が視界に入る。ヒョイと拾い上げて観察すると、つい最近、見た形状だ。キレイに研磨された磨製石器のような矢尻。

「まさか……」

また？　と思いつつ、周囲を観察する。

飛び交う矢に、聞こえる喚声。暴風に乗って、鋭利な刃物のように肌を切りつけていく無数の笹の葉。

少し気になる程度だったけれど、衣類で覆われていない手の指や膝周りには、いくつもの赤い線が走っている。傷は深くないけれど、地味に不快な痛さ。

(知ってる……。この、シチュエーション)

寝物語で、何度も聞いているストーリー。

「先輩、ここ……鬼住山かも」

「鬼住山？　たしかに、谷川や大倉から鬼住山は目と鼻の先だけど……」

大倉とは、採石場のさらに先にある地域の名前。その集落に入る手前に、唯一車で鬼住山に登ることのできる入口が設けられている。

鬼住山の山頂に設置された鉄塔から、電線を通すための車両が走ることができるように作られたガタガタの山道。アスファルトで舗装されている部分はあるものの、基本的には普通タイヤだと滑ってしまうような悪道がメインだ。クネクネのカーブを繰り返し、トランポリンのように車体は上下する。車酔いしやすい体質の人間ならば、一発アウトだ。

「だけど、金森さん。瞬間移動でもしないと、こんな一瞬のうちに、あの採石場から鬼住山までは移動できない」

「タイムスリップですよ。タイムスリップ！」

当たり前に、タイムスリップという言葉を使った瑛麻に、陽平は怪訝な表情を浮かべた。信じてもらえないことが悔しくて、少しムキになる。

「だから、私達タイムスリップしたんです！　大牛蟹さんや、蘆立先輩のご先祖である大矢口命、鷲王様のお父さんである孝霊天皇が生きていた時代に」

「は？　ちょ……っ、待って。なに、それ？　なんの冗談？　飛躍しすぎだよ」

「信じてください！　これ、この矢尻！　それから、笹の葉が飛び交う大嵐。伝説のとおり、大牛蟹さんが退治されちゃう、そのときが今です！」

陽平の眼前に、摘んでいた矢尻を突きつける。それでも、まだ信じてもらえない。

陽平は、そんな……まさか……と、繰り返すばかりだった。

なにか、大牛蟹と出会う手段はないだろうか。

暴風に乗って笹の葉が舞う鬼住山の中は、戦場と化している。流れ矢も飛んでくるし、喚声は遠のいたり近づいたり。人の姿が見えないのは、瑛麻達の居る場所が戦場から少し離れた位置にあるからかもしれない。

(声がするほうに向かって行けばいいのかな?)

だけど、運よく大牛蟹に出会えるだろうか。鷲王の話によれば、このとき、すでに鷲王は死んでしまっているらしいし。

(当てにできる人が……居ない?)

いや、居る。まだ生きている大牛蟹と、天皇軍に居るはずの大矢口命。二人のうち、どちらかに会うことができるなら、まだ希望が見いだせる可能性がある。

ただ……大牛蟹達の兵にしろ、天皇軍の兵にしろ、瑛麻と陽平は怪しいやつらとして拘束されてしまうだろう。

(それなら、いっそのこと自分達から捕まりに行っちゃう?)

大矢口命に会わせてほしい！　と天皇軍に押しかければ、鷲王亡きあとの、責任者っぽい人の所へ連れて行ってもらえるだろうか。大牛蟹の軍に捕まれば、前みたいに大牛蟹の所へ連れて行ってくれるかもしれない。

（いやぁ……問答無用で殺されるかも……）

こんなとき、汰一郎が一緒なら、気配でもなんでも探ってもらえたかもしれないのに。

瑛麻は無言のまま、周囲に気を配ってくれている陽平を見つめた。視線に気づき、なに？　と、陽平は眉根を寄せる。

「先輩は、追儺衆のメンバーなんですよね？」

「そうだけど……」

だからなに？　と、眉間のシワを深くした。

「モモタロウさんはしてたんですけど、気配を探ったりとか……できないです？」

神経を逆なでしてプライドを傷つけないように、挑発的なニュアンスにならないよう、配慮しながら尋ねてみる。

えっ、と陽平の口元が引きつった。

「いやいや、探知とか上級者向けの能力だし。僕には、まだ無理」

「そうなんですねー」

やっぱりなぁ～と思いながら、使えない……と胸中で舌打ちする。上級者向けの能力だというのだから、できなくても陽平を責めるのは可哀想というもの。しかしガッカリ感はにじみ出てしまっていたようで、悪かったね、と陽平は拗ねてしまった。

（気まずい……）

もう少し、うまく立ち回れなかっただろうかと、自分の行動や発言を省みてみたけれど……残念ながら、無意識の行動には責任が持てない。

陽平の様子を窺えば、瑛麻から顔を背けて、そっぽを向いている。

（あぁ、時間が惜しいな）

こうして足踏みしている間にも、大牛蟹がどうにかなってしまう。

「同じだ」

「……同じ？」

陽平のポツリとした呟きに反応を示す。陽平は刀で落とした矢を拾い上げ、一点の方向へと視線を向けた。

「木が不規則に生える山の中なのに……流れ矢は、全部同じ方角から飛んでくるんだよ」

「と、言うことは……？」

キリリとした表情を浮かべ、瑛麻のほうへと顔を戻す。

「その方向に、人が居る」

（そりゃそうでしょうよ！）

胸中でツッコミを入れつつ、コクリと頷いてみせるだけの瑛麻。そんな当たり前のこと……さも大発見をしたかのように、ドヤ顔で告げられる神経がわからない。

「あとさ、本数も増えてるんだよ。煙も、どんどん濃くなっていってるし……人の声も、近くなってる」

それは、瑛麻も感じていたことだ。

見える景色はすべて同じだけれど、ここは鬼住山の中腹か、山頂が近いのかもしれない。

「もし……もし本当に、金森さんが言ったみたいにタイムスリップしていたとして。戦いは、多分だけど……麓のほうで起きていると思うんだ」

「ですね。私も、そう思う」

前回も、麓のほうでの戦いだった。竪穴住居が建っていた居住エリアが無事だったのは、そこまで攻め込まれることが皆無だったからだろう。

「大牛蟹達の側が劣勢になる状況で、逃げてくるとするなら……おそらく、山の奥のほう。中腹とか、それこそ……」

「先輩と私が居る、こっちに近づいて来ている？」

「可能性は否定できない気がする。タイムスリップって認めたくないけど」

（いや、そこは認めてよ）

頑なに受け入れようとしてくれない陽平に、胸中でのツッコミが止まらない。

しかし陽平の表情を見ると、軽口も叩けなくなる。高校三年生とはいえ、あどけなさが残る陽平の顔には、隠しきれない不安がにじみ出ているのだから。

（まぁ、不安だよね……）

瑛麻も、不安だった。やっと安心が得られると思うたびに、次々と身を委ねる相手が変わっていったから。

乙牛蟹に拾われ、大牛蟹に居場所を与えられ、大矢口命に世話を焼いてもらい、やっと気を休められると思った矢先に……奈和智の手によって日野川へと沈められた。

前回は命の危機がトリガーのような役目を果たしていたかもしれないけれど、今回もそうだという確信はない。ここでまた、命の危機にさらされたとして、再び現代に戻ることができるとも限らないのだ。

「大丈夫だよ。さっきも言ったろ？　追儺衆は、一般人を守るんだ。だから……金森さんは、必ず守る。死なせない」

最初に同じ言葉を口にしたときよりも、今度のほうが覚悟を感じる。

震える手を押さえ込んで誤魔化す陽平を笑うことは、瑛麻にはできない。むしろ、勇気を振り絞ってくれている姿に感謝をしなければと、そんな気持ちが芽生えてくる。

（一緒にタイムスリップしたのがモモタロウさんならよかったのに、って思ったけど……。先輩と、二人で乗り切るしかないもんね）

鬼が出るか蛇《じゃ》が出るか。

瑛麻も覚悟を決め、制服の袖を肘上まで折り上げ、スカートもクルクルとたくし上げて丈を短くした。下にはいている黒いハーフパンツが見えるほど、膝上は五センチくらいの長さだろうか。

瑛麻にとって膝上五センチのスカート丈は、クラス内のカーストで上位に君臨するような、派手で発言力や権限が強めの面子がしている印象だ。普段の瑛麻は、せいぜい膝頭が見えるくらい。初めての短さに、少しドキドキした。

「ちょっ！　金森さんッ？　なんで、そんな格好……」

突然スカートを短くした瑛麻に、陽平は挙動不審気味に慌てる。瑛麻は、制服！と、これまでになく大きな声を張り上げた。

「もう、ボロボロにしないように……制服の面積を少しでも小さくしておきたいの。せっかく、従姉が譲ってもらってきた制服だから」

幸い、笹の葉程度では、猫の爪に引っ掻かれたような痕しかついていない。今朝受け取ったばかりなのに、これまでダメにしてしまっては、梨々華に会わせる顔がないというものだ。

「よし、行こう！　先輩ッ」

「行くって、どこに？」

「勘！　しっかり守ってくださいよ」

言うが早いか、瑛麻は流れ矢が飛んできていた方向へ向かって走りだす。走った先で遭遇するのが大牛蟹軍の兵だろうが、天皇軍の兵だろうが、知ったことか。もう、どうにでもなれ。

顔の前に手を掲げ、暴風に乗って飛んでくる笹の葉を防ぎながら進む。一歩一歩、確実に。少しでも前へ。

動きだして、行動を起こさなければ、現状なにも変えられないのだから。


白い煙が、山霞のように立ち込める。

瑛麻は二の腕辺りで口を押さえながら、薄く目蓋を開け、目を凝らした。

煙の臭いに、血の臭いが混ざる。覚悟はしていたけれど、鉄が錆びたような血の臭いは、脳裏に乙牛蟹の死に顔を呼び起こす。

(悔しい……こんな戦なんかしていなければ、今でも乙牛蟹さんは生きていたかもしれないのに)

ただ、鷺王は言っていた。瑛麻が記憶に加わる前でも、あとでも、乙牛蟹はあのときに死んでいたのだと。

大矢口命が、あのときあの場所に居なければ……とも思ってしまったりもするけれど、そしたら陽平は……蘆立家はなく、追儺衆も組織として存在していなかったかもしれない。

物語のｉｆストーリーを考えることは楽しいけれど、歴史のｉｆは有り得ないと、頭では理解している。それでも考えてしまうから、想像力は厄介だ。

「大牛蟹さーん！　どこ～ッ！」

瑛麻だよー！　と、声の限りに叫ぶ。とにかく、ここに自分が居ると、存在を知ってもらわなければ。認知されてからがスタートだ。

「大牛蟹さーん！」

「変な格好の嬢ちゃ～ん！」

瑛麻のことだ、と即座に理解し、声のほうへ顔を向ける。そこには、片目や片足、片腕のない男達が三人。彼らとは、乙牛蟹に連れていかれた、大牛蟹の本陣と思わしき場所で会ったことがある。

「みなさん！」

知った顔に安心し、思わず笑みがこぼれた。そのまま駆け寄ろうとして、ガッと手首を掴まれる。肩の関節が抜ける勢いに、瑛麻は足を止めた。腕を引っ張ったのは、もちろん陽平だ。

「先輩？」

「あの人達は？」

声色と浮かべている表情から、陽平が警戒しているのがわかる。その気持ちも無理はない。

「あの人達とは、前に一回会ってるの」

「……大丈夫なのか？」

大丈夫、は……どれを示しているのだろうか。

あの人達は、敵か味方かと問われれば、多分味方だと思う。命を狙われるような、心当たりはない。

「多分」

自信はないが、多分、大丈夫。

「もし、なにかあったら……信頼してます」

「……わかった」

なにかあったら、は命の危険。現代っ子にしては、生きるか死ぬかといった際どいやり取りの場に身を置いていると実感する。

瑛麻は改めて、近づいて来る男達に向き直った。

「みなさん、ご無事でしたか！」

「あぁ、なんとかな」

さすがに、無傷とはいかないけれど、致命傷は避けているみたいだ。切り傷は増え、血と泥で薄汚れている。体の至るところに笹の葉がペッタリと貼り付き、激戦を彷彿とさせた。

「嬢ちゃんは、なんでここに？」

「私は、大牛蟹さんを捜していて……」

瑛麻の言葉を聞き、男達の雰囲気が瞬時に切り替わる。

「やっぱり、今度は大牛蟹さんを狙ってんのか……？」

「えっ……？」

頭の中が、一瞬フリーズしてしまう。頭上に掲げられ、脳天に振り下ろされる剣がスローモーションのように見えた。

――カァンッ
瑛麻と、片目が潰れた男との間に陽平は体を滑り込ませ、念で練り上げた刀を逆袈裟に薙ぎ払う。男の剣にはヒビが入り、陽平は二激目に備えて構えをとる。

陽平の背後から、瑛麻は声を張り上げた。

「ちょっと待って！　今度は大牛蟹さんを狙ってるって、どういうこと？」

「とぼけるつもりか！　嬢ちゃんは、あっち側の間者だったんだろ？　なにもわからない、知らないフリが上手だな。うっかり騙されちまったよッ」

なにを言われているのか、理解が追いつかない。

「な……なんで、そんな認識に……？」

「は？　白々しいな。乙牛蟹さんを油断させて、あいつらの矢が届く場所にまで誘導したんだろ！」

片目の男に続き、片足のない男と片腕のない男も殺気を迸らせる。

「よくも、乙牛蟹さんを殺しやがったな！」

「俺らの大牛蟹さんと乙牛蟹さんを裏切りやがって、ただですむと思うなよッ！」

今度は、三人が束になってかかってきた。

実戦経験が乏しい陽平には、一対多数は、さすがに分が悪すぎる。

「先輩、逃げよう！」

瑛麻の声が届かなかったのか、陽平は走りだす。隙間を縫うように三人の間を抜けながら、的確に足元を狙っていった。

「ぐあっ」

「うぅッ」

バランスを崩して倒れ込む、片目の潰れた男と片足のない男。残りの一人、片腕のない男は、足から血を流しつつ瑛麻に向かって突進してくる。

途端に、煙が生き物のように渦巻き、瑛麻と片腕のない男の間に壁を作った。

ッア……と、息の漏れる微かな音。

「瑛麻、無事か？」

聞き覚えのある声に、まさか……と心臓が早鐘を打つ。

煙の壁が晴れ、瑛麻の足元には、矢に背中から心臓を貫かれた片腕のない男の遺体。

キャッという短い悲鳴を上げ、尻もちをつく。慌てて後ずさり、駆け寄って来る人影を捉えた。笹の葉が舞う中、矢筒を背負い、弓を手にする人物。

（知ってる……。この人は——）

瑛麻は、ポツリと名を呟く。

「大矢口命さん」

足を斬られて動きが鈍くなっている二人の男から、瑛麻を守ろうとしてくれている陽平の……ご先祖様。

「この方が……？」

瑛麻の呟きが耳に届いていたのか、陽平もポカンと口を開けている。

始祖と末裔の初対面は、煙が漂い笹の葉が舞い荒れる、鬼住山の戦場だった。

大矢口命の登場に緊張を強めたのは、瑛麻と陽平だけではなかった。片目のない男と、片足のない男にも緊張が走る。

大矢口命は、尻もちをついたまま起き上がれない瑛麻の元に駆け寄ってきた。

「立てるか?」

「……はい」

差し伸べられた大矢口命の手を取り、ゆっくりと立ち上がる。まだ足に力が入らなくて、少しよろけてしまった。

「おい、無理はするな」

「すみま、せん……ッ」

大矢口命に支えられ、ほぼ体重のすべてを預けることになり、気恥ずかしさから頬が熱を持つ。こんなときだけれど、やはり年頃の乙女としては、重いと感じてほしくなかった。

「しかし、生きてたんだな」

よかった、と安堵した様子の大矢口命に、瑛麻は首を捻る。

「生きてたんだなって、どういう?」

「あのあと、どう暮らしているのかと気にかかって、村長《むらおさ》の元を訪ねてみたんだ。そしたら、村長の娘から……日野川で溺れて、行方不明になったと」

「は?」

反射的に、野太い声が出てしまう。眉間にはクッキリとシワが刻まれ、眉根にグッとがこもる。

村長の娘とは、奈和智のこと。自分で日野川に沈めておきながら、よくもそんなことが言えたものだ。

「だから、瑛麻だよと、自らの名を叫んでいる声を聞いて、駆けつけてしまった。そしたら、こんな……ともかく、無事でよかったよ」

大矢口命は、陽平が牽制している二人の男を睨みつける。

「少女を襲うとは、大牛蟹の主張は嘘八百だな。俺の配下の者に、そんなことさせないと宣《のたま》っていたが……やはり、烏合の衆か」

言い方に神経を逆なでされたようで、男達は怒りに顔を真っ赤にして言い返す。

「大牛蟹さんを悪く言うんじゃねえ！」

「そうだ！　大牛蟹さんの代わりに、俺達が乙牛蟹さんを死に追いやった元凶を殺して、恨みを晴らして差し上げるんだッ！」

大牛蟹の代わりに、ということは……大牛蟹も、この二人と同じように、乙牛蟹が死んだ原因は瑛麻だと思っているということだろうか。

（そんな……ウソよ……）

あの二人の主張が、本当であると信じたくない。大牛蟹も、瑛麻が乙牛蟹を殺す片棒を担いでいたと思っているのだと、信じたくなかった。

（だったら、モモタロウさんが言ってた……私の声に反応っていうのは、恨みの相手だから反応したってことなんじゃないの？）

サーッと、血の気が引いていく。

誤解なのに。瑛麻は、乙牛蟹に死んでほしくなかった。むしろ、助けたかったのだ。

（ひどい……）

一方的に恨まれ、敵視されている事実に耐えられない。

被害者意識が芽生えてしまい、目の奥が熱くなる。涙は流すまいと、こらえようと思うのに、感情と結びついた涙腺は止められなかった。

瑛麻を支えている大矢口命の手に力がこもり、グッと抱き寄せられる。

「勘違いも甚だしい。乙牛蟹を殺したのは、この俺が射た矢だ。瑛麻は、なんの関係もない。むしろ、乙牛蟹の死を悼んでいた。そんな少女を恨むなど、大牛蟹の器が知れるな」

「なんだとッ」

「大牛蟹さんを愚弄するな！」

「大牛蟹をおとしめて言っているのは、己らだッ！」

大矢口命の恫喝に、男達は口をつぐむ。陽平も、タラリと冷や汗を流していた。

「里の者達から、元々はうまく共生できていたと聞き及んでいる。それが適わなくなったのは、統率が取れず、好き勝手をする輩が増えたからであろう。それは、お前達のように、大牛蟹の心を勝手に解釈する輩が増えたことも一因。神は、我らが軍に味方された。もう、終わりだ」

「神が味方しただと？」

「冗談も大概にしろ！」

あざける口調の男達に、冗談ではない、と大矢口命は静かに告げる。

「ある夜、天津神《あまつかみ》が大王《おおきみ》の枕元に立たれ、お告げを授けられた。笹の葉刈りにて、山の如くせよ、と。笹の葉を刈って、山のように積んで、迎えた三日目の朝が今日。強い南風が吹き、刈った笹の葉をこのようにしてくれた」

大矢口命は、冷酷に思える笑みを浮かべた。

「どうだ？　笹の葉が巻きつき、いつものように……思うように動けまい」

あとは……と呟き、両手で印を結ぶ。

「これで、とどめだ」

深く肺いっぱいに息を吸い、吐き出しながら朗々とした声で祭文《さいもん》を唱える。

ポツリ……ポツリと、男達にまとわりついている笹の葉に火が灯った。

「うわっ、なんだこれ！」

「火ッ？　ダメだ、消えねぇッ！」

バタバタと両手で体を叩きながら、男達は足場の悪い地面の上をゴロゴロと転がり狂う。

陽平は飛び退き、刀は構えたまま、瑛麻と大矢口命のところへやって来た。なにか話しかけたそうだけど、大矢口命が祭文を唱えているからか、陽平は視線を向けるだけで口は開かない。瑛麻も黙って、大矢口命と男達の様子を眺めていた。

男達は陽平に斬られた足を引きずりながら、地面を転がり、這いつくばって逃げていく。

「この祭文……知ってる」

陽平の呟きに、瑛麻は表情を盗み見る。憧れの存在を焼きつけようとするように、瞬きの数も少なく、じっと目を見張っていた。

男達の姿が見えなくなり、大矢口命は繰り返し唱えていた祭文を締めくくる。印を解き、瑛麻に優しい笑みを向けた。

「ひとまず、難は去った」

「ありがとう、ござい……ます」

相変わらず笹の葉は暴風に舞っているけれど、大矢口命の周辺だけは、風が穏やかかもしれない。そんな錯覚を覚える。

大矢口命は陽平に目を向け、この少年は？　と、瑛麻に聞いてきた。

「彼は、蘆立陽平さん。大矢口命さんの……子孫、末裔の方です」

「子孫……」

少しだけ目を見開き、大矢口命は陽平を足先から頭の先まで観察する。陽平も緊張に顔を強ばらせたまま、静かにその視線を受け入れていた。

「信じてくれるかわかりませんが……。私と、先輩……陽平さんは、二千年以上先の未来を生きています」

「二千年以上先の、未来？」

瑛麻の言葉を繰り返した大矢口命に、現代っ子の二人は力強く頷く。

「僕の……蘆立家には、始祖は大矢口命であると、文献が残っています」

「未来から来たから、服装だって髪型だって違うし、この時代の常識がわからないの」

「この時代の常識がわからずとも、家族の大切さは同じではないのか……？」

木の上から降ってきた恨みがましい声に、勢いよく頭上を仰ぐ。いつからそこに居たのか、体中からプスプスと煙をくすぶらせる大牛蟹の姿があった。

「大牛蟹、さん……」

大矢口命が唱えた祭文に、体にまとわりつく笹の葉を燃やす効果があるのだとしたら。大牛蟹は、つい先ほど大矢口命が祭文を唱え終えるまで、ジッと火に焼かれながら。

ら耐えていたことになる。

存在を気づかせることなく、独りで。

大牛蟹は木の枝から飛び降り、トゲトゲの金棒を肩に担ぐ。初めて会ったときには、持っていなかった武器だ。

大矢口命と陽平が、瑛麻を庇うように前に出る。禍々しい雰囲気の大牛蟹と、瑛麻の間に入ってくれた。

「俺の大事な弟を殺した人間が勢揃いだ。許さぬ……。憎い……。許さぬぞ」

「大牛蟹さん……」

瑛麻の弁解など、おそらく聞く耳を持ってくれない。さっき大矢口命が代弁してくれた瑛麻のことも、大牛蟹の耳には、きっと入っていないだろう。

念で作った刀を構え、陽平が声を張り上げる。

「大牛蟹！　アンタは負ける運命だ。無駄な抵抗はやめろ」

ギャンッと勢いよく、血走った眼《まなこ》が陽平に向けられた。恨みと憎しみに取り憑かれた大牛蟹の暗い瞳には、以前の優しさが微塵の欠片もない。人が変わってしまっている。

「無駄な抵抗だと？　小僧、お前に……なにがわかる！」

後ろ姿からでも、陽平がビビっているのがわかる。大牛蟹の迫力は、鬼気迫るものがあった。ちょっとやそっとの、上っ面だけの言葉じゃ、届かない。

「瑛麻……。お前には、してやられた。裏切られ……いや、騙されたよ。無知で無害なフリが上手なんだな」

（そんな、違う……）

想いが言葉にならず、もどかしさが募る。

大牛蟹は担いでいた金棒を地面に突き刺し、己の手の平を見つめた。

「何度、あのときの判断を誤っただろうと、自分の未熟さを呪ったよ。さっさと、殺しておくべきだった。瑛麻の命より、乙牛蟹の命のほうが、俺には大事だったのに……！」

タンッと、大牛蟹の右肩に矢が刺さる。いつの間にか弓に矢を番えていた大矢口命が、大牛蟹の注意が少しだけ逸れた隙をついて矢を放ったのだ。

大牛蟹は矢を握ると、柄の部分を小枝のようにポキリと折る。折った矢を投げ捨て、大矢口命を睨みつけた。

「狙うなら、弟と同じように首を狙え！　情けをかけたつもりかッ！」

「可能なら、生きて捕らえよとの命令だ。逆らうわけにはいかない」

「あぁ、おのれ……。憎らしい」

大牛蟹は地面に突き刺していた金棒を片手で持ち上げ、左腕一本で高く掲げると、怒りと憎しみをぶつけるように地面に打ちつけた。一度ではなく、二度、三度と。ベコベコと地面は凹み、穿たれていく。

瑛麻が尊敬できた大牛蟹の姿は、そこにはなかった。憎しみが、怨念が、大牛蟹を変えてしまったのだ。

「瑛麻と、陽平だったな。お前達は逃げろ」

「そんな！　始祖様は？」

「俺には、やらねばならぬことがある」

やらねばならぬこと。それがなんなのか、瑛麻と陽平は知っている。

「俺の血が、系譜が。二千年以上先まで続いていると知れたのだ。ここで俺は死なぬと確信が持てた。感謝する」

「大矢口命さん……」

大矢口命は背負っていた矢筒から、一本の矢を掴み取り、陽平に手渡す。

「なにかの役に立つかもしれん。それを持って行け」

「……はい、承知しました！」

「必ず、瑛麻を守るんだぞ」

「はい！」

陽平は威勢のいい返事をし、瑛麻の手首を掴む。

「始祖様の言うとおり、この場を離れよう」

「でも、大牛蟹さんが……！」

目を覚ませ！　と、陽平は瑛麻の肩を強く掴んだ。

「鬼は、退治されるべき存在だ」

――鬼
瑛麻は、もう一度大牛蟹に目を向けた。悲しみに打ち震え、両肩は小刻みに震えている。

「先輩の目に、やっぱり大牛蟹さんは鬼として映るの？　角も生えていないし、牙もない。かなり大柄で、野たたらの仕事で怪我を負っている男の人。本当は戦がしたくないのに……流れで始まってしまったから、しかたなく戦をして。とっても大切な家族……弟を殺されて、悲しくてつらくて闇堕ちしちゃってる……。私達と一緒な人間だよ！」

このままでは、いけない。ダメだ。

（助けたい！）

陽平の制止を振り切り、大牛蟹に駆け寄る。

「瑛麻！」

「金森さん！」

突然、さらなる突風が吹き荒れ、笹の葉が壁を成す。行く手を阻まれ、瑛麻はそこに神の意志というものを感じてしまった。

（ここまでして、孝霊天皇にお告げをした神様は、大牛蟹さんを配下に加えたいの？）

降参した大牛蟹は自ら、北の守りを賜らんと、孝霊天皇に願ったと伝わっている。

（お告げをした天津神って、誰ッ？）

可能ならば、瑛麻はその天津神に文句が言いたい。両軍、兵の命を奪い合うことなく、話し合いで解決させることはできなかったのか、と。

退治してほしいと民から訴えがあり、孝霊天皇はそれに応じただけだから、そもそも神の意志というのは瑛麻の勝手な思い込みなのかもしれないけれど……。

（ちょっと、理不尽！）

大牛蟹が可哀想で、また涙が浮かんでくる。

「私は……大牛蟹さんの、敵じゃない！」

信じてーッ！　と、声の限り叫んだ。

途端に、ゴゥッと突風に乗った笹の葉が、瑛麻の体を浮かせて後方に吹き飛ばす。

ドンッと誰かに受け止められ、目蓋を上げれば、そこは採石場。

刹那の間に、瑛麻と陽平は現代の時間軸に戻っていた。

六

目の前に広がるのは、灰色の世界。

山の緑ではなく、採石場のグレーに囲まれている。

刀同士が、ぶつかり合う音が耳に届く。

そちらのほうを向こうにも背後からガッチリとホールドされ、締め技をかけられているみたいに、瑛麻は身動きがとれない。背中に陽平の温もりを感じる。バックハグをされているような心境になり、急に恥ずかしさが込み上げてきた。

「先輩、離してください」

守るように、力強く回されている陽平の腕をバシバシと叩く。陽平はギュッと閉じていた目蓋を持ち上げ、慌てて周辺の状況を確認し始めた。

「戻ってきた？」

陽平の問いに、多分……と答え、瑛麻は立ち上がる。陽平の腕の力が緩み、今度は簡単に抜け出すことができた。

身動《みじろ》ぎできないくらい、ガッチリとホールドされていたということは、陽平が、それくらい必死に瑛麻のことを守ろうとしてくれていたということ。瑛麻と、大矢口命と約束したとおりに。暴風に乗って舞い狂う笹の葉から、荒れ狂う大牛蟹から、必死に守ろうとしてくれたのだ。

「まだ戦ってる！」

採石場を縦横無尽に、大牛蟹や汰一郎、オールバック男と淑女が駆け巡っている姿を見つけた陽平が驚きの声を上げた。

「そんなに、時間が経過してないってことなのかな？」

「わかんないです。けど……なんなの、あの人達。体力お化け？」

持久力がある、なんてレベルの運動量ではない。まだ汰一郎は大牛蟹を守りながら、追儺衆と渡り合っている。

「っだー！　あんた達も、大概にしぶといなッ」

「お前に言われたくない！　さっさと大牛蟹をこちらに渡せッ」

『うごぁあああ！』

大人達の言い合いが、瑛麻の耳に届く。

汰一郎は一人で二人を相手にしつつ、二メートル近い大牛蟹をいなしながらもこの立ち回りなのだから、本当にエリートかなにか……そんな感じの立ち位置に居る人だったのだろう。汰一郎とオールバック男の、どちらのほうの実力が上なのか、素人目にもわかる。

（でも、なんでモモタロウさんは……あんなにも一生懸命に、追儺衆から大牛蟹を守ろうとしてるんだろ）

　純粋に不思議に、疑問に思う。

　瑛麻は「ねぇ……」と、大矢口命から受け取った矢をどこにしまおうか、袂や胸元、腰周りを探っている陽平に問いかける。

「先輩、追儺衆としての……大牛蟹さんを倒す方法って、どういう感じなんです？」

　オールバック男は、二千年やり方は変わっていないと言っていた。それを変えたいから、違う方法を模索したくて、汰一郎は追儺衆を抜けたという。

　袴の紐と着物の角帯に、刀の鞘を通すみたいに矢を差した陽平は、右手の平に念の刀を出現させた。

「この刀で心臓を突くと、退治されたときを追体験させられるらしい。そのときを思い出させ、負けていたことを自覚させるんだ。それで、再び鎮める」

「退治されたときを思い出させるって、さっきのことを？」

　それは、たった今、体験してきたことだ。

　煙に視界は不良となり、暴風に舞う笹の葉に傷つけられる肌。どこから飛んでくるともわからない矢に警戒し、自分を狙う相手と向き合う。命をやり取りする瞬間。

　大牛蟹が負けた場面には立ち会わなかったけれど、きっとあのあと降伏したはずだ。

大切な弟を殺され、戦に敗れ、敵の将に屈するときの感情は想像してもしきれない。想いを巡らせただけで、腹の中がズタズタに切り裂かれた気持ちになる。

「やめてあげて！　あんな苦しさ……つらさ……もう一度なんて、ひどすぎるよ」

「でも、だからこそ鎮まるらしいんだ。思い出させてやることが肝心なんだよ」

「なにそれ？　私だったら、そうだった……って思い出しても、だからこそ、この野郎！　ってやり返したくなるわよ」

あんなふうに負けた悔しさが、たったそれだけで鎮まるものか。

「だけど、それが仕事であり、使命なんだ」

「別の方法を模索したいから、モモタロウさんは追儺衆を抜けたってことでしょ？ほかにも、疑問に思っている人は少なからず居るはずよ！　先輩は？　私と一緒にあれを体験して、自分に置き換えたら……どう思う？」

陽平は言葉を詰まらせ、瑛麻から目を逸らす。

「でも、見習いの俺なんかが、師匠や組織に刃向かえるわけがないだろ？　わかれよ、それくらい！」

大人になりきれていない高校生なんて年頃からしたら、親を始めとした大人は絶対的権力者みたいな存在。そんな絶対的権力者に対して、自分の思うとおりにしてみたいと反発をしたり、言われたことと逆のことをしてみたり……。反抗するのが今の瑛麻達、第二次反抗期の真っ只中に身を置く世代の特権だ。

「反抗期なんだから、逆らってみて！」

「んな無茶な」

陽平は、眉を八の字にして困り顔を浮かべる。瑛麻は陽平の両腕を掴んだ。

「無茶でもなんでも、一方的な退治じゃなくて……対話を諦めないでください」

瑛麻は、諦めてしまったけれど。

対話は無駄だと諦めて、頼れる人は居ないと見限って。

でも……対話を諦めず、根気よく関わり合いを続けてくれて、改善した事例も経験した。それは、優しく見守り続けてくれている祖母と、パワフルだけど強引さのさじ加減が絶妙な梨々華のおかげではあるのだけれど。

「先輩は……今、大牛蟹さんが暴れている理由を知っていますか？　知ってて、武器を向けてるの？」

怒るのにも、暴れるのにも、きっと理由がある。今の大牛蟹が荒れている原因と、さっき会った大牛蟹が暴れていた原因が、同じとは限らない。

陽平は、真っ直ぐに見つめる瑛麻の視線から再び目を逸らす。

「それは……知らない、けど」

「だったら、なおさら諦めないで！」

瑛麻には陽平や汰一郎のように、念の刀だとか、なにをどうこうすることはできない。ただ、語りかけることはできる。理解をしようとすることをやめなければ、打開策が見つかるかもしれない。

逡巡している陽平の良心に訴えかけることが、今できる最善の一手だった。

陽平は黒い短髪をワシャワシャと掻き回し、クソッと悪態をつく。視線の先には、大牛蟹と汰一郎に、オールバック男。陽平が母さんと呼んでいた淑女は、少し離れた所で休憩しているみたいだ。肩で息をしながら、座り込んでいる。

深く長く息を吐き、陽平は両頬を叩いて気合いを入れた。

「ホントに危ないから、近づかないでよ」

「……はい」

神妙な面持ちで瑛麻が頷くと、陽平は念の刀を握り締め、ダッと走りだす。オールバック男と汰一郎が刀を構えた瞬間、間に飛び込んだ。

「話をぉおおお、聞いてくださいぃいい〜ッ！」

汰一郎とオールバック男の動きが、ビタッと止まる。大牛蟹は後方に飛び退き、シヨベルカーの上に着地した。

「バカ野郎！　怪我したいのかッ」

「急に飛び込んでくるな、小僧！」

気が立っている大人に、同時に怒鳴られると迫力がすさまじい。

二人の間に入った陽平は半泣きになりながらも、萎縮することなく、オールバック男に意見をぶつけた。

「師匠、ここは一旦引きましょう！　一般人も居るんです。巻き込んじゃダメだ」

「なにを言う！　せっかく、ここ数日の間、捜し続けていた大牛蟹が目の前に居るんだ。決着をつけなくてどうする！」

頑張って師匠に意見してくれている陽平を見守っていると、甲高い女性の悲鳴が瑛麻の耳をキーンとつんざく。

「大牛蟹が、逃げました！」

淑女が指差す先には、小さくなっていく大牛蟹の背中。

「あっ、くそ！」

イラつくオールバック男は念の刀を地面に叩きつけ、頭を抱えた。呆然としたまま、大牛蟹の背中を見送っている陽平の胸倉を掴み、顔面に唾のかかりそうな勢いで声を張り上げる。

「どういうつもりだ！」

怒鳴り声に萎縮しつつも、陽平は拳を握り締めた。頑張れ！　と、瑛麻は心の中でエールを送る。

「それが……。タイムスリップしてしまったのか、大牛蟹を退治する……語り継がれている孝霊天皇の鬼退治の現場を目にしました」

「は？　寝言か？　タイムスリップなんて、ふざけるのも大概にしろよ。そんな妄想で大牛蟹を逃がしたのか？」

「ち、違……」

陽平の声が震えた。瑛麻も意を決し、私もです！　と間に割って入る。

「わ、私も一緒に……しました！　タイムスリップ……」

オールバック男に鋭い視線を向けられ、最後は尻すぼみになってしまったけれど、一応は言えた。

荒い息を繰り返す汰一郎が、瑛麻の頭にポンと手を置く。たったそれだけのことなのに、なぜだかすごく安心できた。

「瑛麻は、前にも一度あったな。タイムスリップしたこと」

汰一郎の後押しに、コクリと頷く。

「なら、陽平がタイムスリップしたというのは、その子に影響されてということか？　そう言いたいのか、百々山汰一郎！」

「否定はできない」

汰一郎の答えを受け、オールバック男は陽平の胸倉から手を離す。ズンズンと瑛麻のほうへ歩いてくると、目の前で歩みを止めた。オールバック男は、首が痛くなるくらい見上げるほどに、背が高い。汰一郎より、十センチくらい身長が高そうだ。

「お嬢ちゃん。キミは、どういった血筋の家だ？　陽平とその母親は、孝霊天皇が御世、乙牛蟹を討ち取りし、大矢口命の末裔だ。かくいう私も、京都のほうに縁がある」

「私は、わからない……です。ウチは、普通の一般家庭だと思う」

先祖なんて、祖母の上の代があるくらいしか認識していない。もっと上の、さらに上なんてわかるもんか。

これ以上待っても無駄だと判断したのか、オールバック男は舌打ちと同時に踵を返す。

「大牛蟹……だいぶ実体を伴ってきていた。そろそろ、民家に被害が出てくるかもしれん。そこの離反者からなにを吹き込まれたか知らんが、私の弟子を惑わさんでくれ」

行くぞ、とオールバック男に促され、陽平は瑛麻を気にしつつ去って行った。淑女も、瑛麻と汰一郎に軽く会釈し、二人のあとを追う。

追儺衆の三人の姿が完璧に見えなくなると、汰一郎は獣のような呻き声を上げながら大の字に倒れた。

「っだー！　疲れたぁ。持久力ヤバッ」

アラサーにはキッツイわぁ……と、瑛麻の緊張と強《こわ》ばりをほぐすようにおどけてみせる。瑛麻は立ち尽くしたまま、大牛蟹が消えていった方角に視線を向けた。

「モモタロウさん……。実体を伴うって、どういうこと？」

オールバック男が、去り際に告げた言葉が気にかかる。

嘆息しつつ、汰一郎は上体を起こし、その場に胡座を掻いた。

「最初は、霧みたいな存在なんだ。霧って、あるけど触れないだろ？　それが、水になるとどうだ？」

「触れる」

「さらに氷になると？」

「掴める……」

「大牛蟹は近いうちに……そんなふうに、物理的に影響を及ぼしてしまう存在になる。例えば、さっきみたいにやり合ったとき、実体が伴えば、民家や電信柱なんかの建築物にも影響を及ぼすようになるんだ」

特撮ヒーロー物で、巨大化した怪獣が町中で暴れるイメージが頭の中に浮かび上がる。あんなことになってしまっては、被害は甚大だ。

「だから、追儺衆は退治を急いでいたの？」

　そうだ、と汰一郎は首肯する。

「追儺衆は、そうなる事態を未然に防ぐために組織された集団。孝霊天皇の頃から密かに、国の平安のため、各地の《鬼》と呼ばれる存在を監視してきた。過去に退治され、祀られているモノ達を含めてな」

「もし、実体を伴った大牛蟹さんのせいで被害が出たら？」

「台風や地震、地崩れといった災害、原因不明の倒壊として人間界では処理されるだろうな」

「私、よけいなことしちゃった……？」

　もし、汰一郎が口にしたような被害が起きてしまったら、それは瑛麻のせいだ。

　急激な胃の痛みに襲われて、吐きそうになる。膝を折り、その場にしゃがみ込んでしまった。

（どうしよう……）

「大牛蟹は実体を伴ってきている。だからさっきの、あの瞬間に退治することは追儺衆にとっての正解で、間違いじゃない。やつらにとっては、それが正しい判断なんだ」

「でも……あの苦しみをもう一度味わうなんて、地獄だわ」

思い出しただけで、生きた心地がしなくなる。経験しなければ、あの迫り来る怖さはわからない。

「だから、俺はほかの方法を試したい」

「それは、どんな……？」

真っ青な顔を向けると、汰一郎は笑顔を浮かべて立ち上がる。

「ひとまず、鶩王様の所へ戻ろう」

瑛麻に向けて差し伸べてくれた手の平は、よく見ると、潰れたマメの痕や鍛錬でついたと思しき疵《きず》でボロボロだった。


揺れの少ない安全運転で、瑛麻は汰一郎のバイクに乗せてもらって楽楽福神社に戻ってきた。楽楽福神社の静けさは、いつもと変わらない。

大牛蟹や追儺衆との乱闘がウソであったかのように、そこには穏やかな日常が流れている。田んぼの中にポツンと存在する鎮守の森は、俗界《ぞっかい》から切り離されていた。

バイクから降り、ヘルメットを脱ぐ。ペタンとなった髪をワシャワシャと掻き混ぜ、髪の毛の間に空気を通した。ヘルメットを汰一郎に返し、バイクを引く汰一郎と並んで花道のような参道を歩く。一礼して、随神門をくぐった。

鶩王の姿を捜すと、円墳の頂点で膝を抱えて座っている。

「鶯王様……」

遠慮気味に瑛麻が声をかけると、うつむいていた鶯王の頭がゆるりと動く。ひどくやつれて見えるのは、気のせいだろうか。

「鶯王様、申し訳ない。大牛蟹を取り逃がしました」

ポリポリと後頭部を掻く汰一郎は、心なしか項垂《うなだ》れている。やはり、決着がつけられなかったことを気に病んでいるのだろう。

『あぁ、だが……追儺衆に退治されはしなかった。結果としては上出来だ』

「鶯王様も、追儺衆を知ってるの？」

円墳から降りながら、鶯王は『知っている』と呟くように答える。

「そっか……。孝霊天皇の時代から存在してる組織なら、鶯王様が知っていても、なんの不思議もないよね」

「まぁ、知ってる業界の人間にとっちゃ、当たり前の存在だからな」

汰一郎の説明に、瑛麻は改めて、普段は関わることのない業界や世界に関わってしまっているのだと認識した。

ただの、普通の……不登校の女子高生なのに。本来なら、交わることのない人達と同じ空間に居るというイレギュラー。陽平のように、そういった家の血筋ではない瑛麻が、なんで今みたいな状況に巻き込まれているのか、自分では納得のいく答えが見つけられそうにない。

瑛麻の前までやって来た鶯王が、ペコリと頭を下げる。

『また、怖い想いをさせてしまって、悪かった』

「……えっ？　タイムスリップのこと？　鶯王様が、なんで知って……？」

また、という言い方をしたということは、あの場に居なかったのに、鶯王は知っているのだ。瑛麻が再び、大牛蟹が生きていた時代に、タイムスリップしたということを。

(鶯王様には出会わなかったのに、また記憶が書き換わったのかな？)

鶯王は上目遣いになりながら、悪戯を白状する子供のように口をまごつかせる。

『前も……今回も、あの時代に……瑛麻を飛ばしたのは、私だ』

鶯王の告白に、瑛麻は目を丸くした。

「なっ……！　なッ？」

問い質したいのに、言葉が出てこない。頭は真っ白になっていないけれど、驚きすぎて声も出ない。

(タイムスリップ？　えっ！　鶯王様って、そんなことができちゃうのッ？)

汰一郎の様子を盗み見ると、口を半開きにしたまま、目を見開いている。多分、きっと、瑛麻と同じことを思っているのだろう。そんな気がした。

『人間は生命の危機を感じると、普段は凪いでいる生体の波動が、ブワ～ッと活性化するのだ。それに合わせて思念を送り込むと……私の力と相まって、相乗効果というか、時空を超えることができるようになって……』

鶯王は指をモジモジとさせながら、大人に怒られるとわかりきっている子供みたいに、小さな声でモゴモゴと早口で喋る。

『と、とにかく！　瑛麻のことは、ここに来るようになってから、ずっと見てきた。学校には行けないけれど、遅れを取らぬように、独自に勉学に励んでいる真面目で実直な姿を』

「えっ、ウソ！　ヤダ、なんか恥ずかしい……」

引っ越してきた中学三年生の頃から今まで、参考書やワークブックで四苦八苦しながら自主学習している姿を見られてただなんて……。顔から火が出そうだ。

生きている人間の目からは、死角を作り出してくれている鎮守の森が守ってくれていたけれど、まさか古《いにしえ》の皇子から見られているとは思いもよらない。「あ～！　もうヤダわっかんな～いッ」と、泣き言を口にしたり八つ当たりもしたことがある。

（あれも、見られてたってことよね？）

穴があったら入りたいというのは、今みたいなときのことだ。

「マジで？　わざわざ、こんな自然いっぱいな場所で自主学習してたの？　図書館とか、そういう施設を利用すればよかったじゃないか」

そんなことも思いつかなかったの？　とバカにされたような気がして、ムスッと下唇を突き出す。呆れている汰一郎の言い分はもっともだけれど、図書館を利用しなかったのには瑛麻なりの理由があるのだ。

「引っ越してきたばかりの頃は町立の図書館も利用したことがあったけど、中学の制服を着てるから、悪目立ちしちゃったのよ。だから、すぐに行くのやめたの！」

ご丁寧にも、「おたくの生徒が平日の昼間から図書館に居るんだけど、授業には出なくてもいいのか」「学校の時間なのに、フラついている中学生が居る」と、善意という名のよけいなお節介で、学校や警察に連絡を入れる地域住民が少なからず存在する。図書館司書や図書館の一般利用者、警察官からの声かけを受けてまで、図書館を連日利用し続けるというような鋼のメンタルは持ち合わせていない。

しかも、周辺にファミリーレストランはなく、あるのはコンビニかスーパー、ドラッグストア。静かに、勉強に集中できる場所を探し求めて辿り着いたのが、この楽楽福神社だった。それに、祖母がパートに出る時間を見計らって、家には帰っている。ずっと外で勉強しているわけではないのだ。

『愚直に頑張れる姿は、美しい。一生懸命になれる姿も、美しい。努力ができる瑛麻だからこそ、私は協力を仰ぎたいのだ』

「協力？」

鶯王は、瑛麻に対して深々と頭を下げる。

『頼む。どうか、大牛蟹を救ってくれ』

「救うって……私が？　いったい、どうやって？」

大牛蟹にとって、瑛麻は乙牛蟹の仇となっていた。話さえも聞いてもらえなかったのに、今さらどうしろというのだ。

助けを求めて汰一郎を見つめるも、顎に手を当てて難しい表情をしたまま、何事か考え込んでしまっている。瑛麻の代わりに、答えは出してくれないだろう。

（モモタロウさんは、頼れない……）

鶯王からの要望に対する答えは、自分で出さないといけないみたいだ。

（なにをどうすればいいかもわかんないのに、わかりました……なんて、無責任な返答はできないよ）

鶯王は頭を下げたまま、微動だにせずにいる。瑛麻が返事をするまで、このままでいるつもりなのかもしれない。

「……無理です」

立ち向かうことをやめて、自分のために逃げてきた瑛麻に、大牛蟹を救うなんて大役が務まるわけがない。

「私のことを……買いかぶりすぎです。私は……鶯王様が推測されたような、できた人間じゃありません」

なにをどうしたいのか、どうありたいのか。答えが導き出せず、足掻きもがいていいるただの小娘。迷いの沼に両足を絡め取られてしまっている悩める十五歳。それが瑛麻なのだ。

七

太鼓の音が鼓膜を震わせ、腹の底に重く響く。

今日は、太鼓の稽古日。瑛麻は梨々華に頼んで、二度目の稽古見学という名目で訪れていた。

ドンッと深みのあるくり抜きの中胴太鼓の音と、カンッと高い締め太鼓の音。篠笛の澄み渡る響きがテンポよく入り乱れ、楽曲を織り成している。

練習しているのは、楽楽福鬼太鼓のメインともいえる曲で、曲名は《鬼伝説》だと梨々華は言っていた。

「はーい！　じゃ、十分間休憩にしま～す」

最後まで通しで演奏し終え、梨々華の声がホール内に響く。酷使した腕をプルプルと振ったり、水分補給をしたり、各々自由に過ごしている。

舞台を見下ろす観客席の中程に座っていた瑛麻の元に、首に巻いたタオルで汗を拭いながら、梨々華がやって来た。

「どうだった？　稽古の感じ」

「今日も、みんな真剣だね。集中してるのがすごくわかるし、少しでもカッコよく打てるようになりたいって気持ちで取り組んでるのが、見てて伝わってくるよ」

「ふふっ、練習でできてないことは、本番でもできないからね。真剣なのは、いいことよ」

梨々華は両腕を挙げて伸びをし、長い足を組んだ。浮かべているその表情から、心の底から太鼓が好きなんだと伝わってくる。

好きなものに全力で取り組んでいる人の笑顔は、どことなくキラキラしていて眩しい。逃げ場所を求めて来てしまった自分が場違いで、恥ずかしくなってくるほどに。

とりあえず、曖昧な愛想笑いを浮かべてやりすごそうとしていると、瑛麻の頭に梨々華の頭がピト……と引っついた。

「こないだ連れて来たときに、なんか感じてくれたのかな？　瑛麻ちゃんのほうから、見学に来たいって言ってくれると思わなかったから、嬉しい」

純粋に喜ばれ、後ろめたさが増してしまう。鶯王から、大牛蟹を救ってほしいと頼まれたのに、無理だと断ってしまった罪悪感から逃れたいだけなのだから。

きっと今頃、鶯王は期待外れだったと、瑛麻に落胆し、憤りを感じているかもしれない。「まぁ、そうだよな……」と汰一郎も瑛麻に同調し、発言では味方をしてくれたけれど、本心ではなんと思っていることか。

結局、瑛麻は二人から逃げるように、楽楽福神社をあとにした。同じ空間に居ることが苦しくて、居たたまれなくて、また逃げたのだ。

これはもう、逃げ癖がついてしまっているのかもしれない。

嫌なことから逃げて、自分の心を守った気になっている。事情を知る周囲から発せられる慰めの言葉に甘えて、困難に向き合うことを避けているだけじゃないのかと。

（はぁ……なんか、情けない）

どんどん自信がなくなっていく。こんな自分は嫌なのに、思考と行動のパターンが変えられない。もがけばもがくほど、絡みついてくる蜘蛛の糸みたいだ。

「今日は、彩蝶が休みで残念だったね」

うん、と頷いたけれど、本心では彩蝶が休みで安堵していた。同級生と会話をする勇気は、まだ復活していない。もし彩蝶が来ていたとしたら、もっと存在感を消して話しかけられないことに尽力していただろう。

梨々華は瑛麻から頭を離し、膝の上で几帳面にタオルを畳んだ。

「瑛麻ちゃんは、ここに……太鼓を聞きに来たの？　それとも、太鼓を打ってる人達のことを見に来たの？」

質問の意図がわからず、瑛麻は首を捻る。

「どう？　って聞いたとき、太鼓の演奏に関してじゃなく、打ってる人について答えが返ってきたから。そっちを主に見てたのかな～って」

「え……？　っあ」

そうか！　と、思考を司る部分が急速に活動し始めた。

（太鼓についての感想……！　そっちを尋ねられてたのね）

ひとつの質問から得られる回答の選択肢にまで考えが至らなくて、わたわたと焦ってしまう。出題者の問題の意図を勘違いしていたときみたいに、梨々華の質問の意図が正確に汲めていなくて、申し訳ない気持ちが込み上げてくる。恥ずかしさもあり、耳を熱くしながら、慌てて演奏の感想を述べた。

「太鼓の音と振動……篠笛の響きは、魂が震えるみたいですごかった。聞いてて、とても心地よかったよ。語彙力なくてアレだけど、めっちゃ好きな感じ」

響き渡る音の渦に飲み込まれる感覚は、少し不安もあるけれど、無心になれるからいい。心の解放とまではいかないけれど、気持ちを保つのによさそうで、好きという言葉は本心だ。

でも――。

「今の曲……。《鬼伝説》って、大牛蟹と孝霊天皇のだよね」

「そうよ。全国鬼サミットが開催されるときに、隣の市にある太鼓団体の代表さんに創作してもらった曲なんだけどね。自分達で演出をアレンジしたり、原型が跡形もないくらい、いろいろいじくっちゃった。今の構成とか演出、カッコイイでしょ？」

《鬼伝説》は全部で三楽章あり、一楽章は平穏の章。鬼に荒らされる前の、平和な村の様子を表現している。二楽章は怒涛。村を襲ってきた鬼達と人間の戦いを表現していて、襲来を予感させるように甲高い篠笛の音が響き、緊張感や緊迫感をあおるドラの音とともに櫓太鼓《やぐらだいこ》の真後ろから赤い鬼の面を被った打ち手が登場する。一番の見せ場で、盛大な拍手が沸き起こり、最大に盛り上がるシーンだ。そして三楽章は喜楽。チャッパのカチャカシャという華やかな音が加わり、鬼と和解して、祭りを楽しむ人々の様子を表している。

鬼が降参し、平穏が訪れ、人々は喜ぶのだ。

「やっぱり、普通は……鬼が退治されると喜ぶよね」

勧善懲悪なストーリーは、スカッとして好む人が多い。世代を超えて、人々が心から求めるエンターテイメントだ。

「まぁ……そうね。でも、ここの地元の人達は鬼が好きよ。それに、町おこしで今は鬼に助けられてるわ」

その部分は、瑛麻も同意できる。鬼の電話ボックスに、鬼の公衆トイレ。橋の欄干にも鬼のブロンズ像があるし、なんといっても鬼の館ホールと、おにっ子ランドが集大成だろう。

瑛麻はタイムスリップした先で、聞くに聞けなかった疑問を梨々華に投げかけた。

「大牛蟹は、地元民から愛されてると思う？」

しばらく梨々華は「う～ん」と唸りながら頭の中の情報を整理し、そうね、と結論づける。

「私は、そう思う。孝霊天皇に降参したあとは、この土地を守ってくれていたわけだし。最強の敵は、味方になるとすごく心強いよね。それに……」

この《鬼伝説》って演目も大好きよ、と梨々華は締めくくった。

「そっか」

現代で、大牛蟹に好意的な感情を抱いてくれている人は居る。慕ってくれている人は居るのだ。

（それがわかっただけでも、今日ここに来た意義はあったかな）

ここでは、大牛蟹は嫌われていない。好意的に、寄り添ってもらえている。

大牛蟹にも居場所はあるのだと、なんだか自分事のように嬉しく思えた。

行ってきまーす！　と祖母に声をかけ、玄関を開けた。

朝特有の清々しい空気は、嫌いじゃない。

祖母が育てる庭木や鉢植えによって華やいでいる庭を抜け、道路に出る。今日も駅のほうへ足を向けると、祖母の住む家がグルリと囲まれている生垣の前に、リュックを背負って制服に身を包んだ陽平が立っていた。

「おはよう。金森さん」

「えっ……！　な、なんで……？」

どうして、家がバレたのだろう。

困惑している瑛麻に、陽平は不敵な笑みを向ける。

「田舎の情報網を甘く見ちゃいけないよ」

と、言うことは……瑛麻のことが、近所で噂になっているということだ。

あそこの子は学校をサボっているだとか、そんな悪評が流れているのだろうか。瑛麻の耳にはなにも入ってきていないけれど、祖母や梨々華は瑛麻に対する噂を知っているのかもしれない。もし、瑛麻が気に病むと思って黙っているのだとしたら、より心配をかけてしまっていたことだろう。

「情報って、どんな……？」

気になって陽平に探りを入れる。

「別に？　金森さんとこのお孫さんが一緒に住み始めたって、ただそれだけだよ。それとなく母さんに聞いてみたら、氏子さんから聞いたって。ほら、ウチって神社だから……いろいろ地域の情報が入ってくるんだ」

「そっか、氏子さんの……」

祖母の家も、陽平の家が管理する神社の氏子だったはず。

その神社とは、もちろん孝霊天皇が御祭神の、鶯王が居る楽楽福神社だ。

「今日も制服を着てるってことは、一応、学校に行く意思はあるってことかな？　それとも、またサボり？」

陽平の発言にムッとし、サボりというワードに抵抗を覚えてしまう。腹の底が、着火されたみたいに熱い。怒りと劣等感が渦巻いて、胃が痛くなってきた。

「うるさいです。学校には行きたいけど、行けないだけですよ」

学校に行く意思はある。けれど、汽車に乗ることができない。車で校門前まで送ってもらったとしても、校門が越えられない。結果は同じだ。

怒りを足音に反映させ、ドシドシと歩く。陽平は目の前を歩き去る瑛麻を眺めていたけれど、黙ったまま後ろをついてきた。歩調を緩めても、陽平が追い抜いていく気配はない。

「……後ろ歩かれると、すごく気になるんですけど」

「警戒しなくても、背後から攻撃なんかしないよ」

「いや、そうじゃなくって」

「じゃ、隣を歩いてもいいんだね」

は？　えっ？　なに、その理論？　と戸惑う瑛麻の隣に、歩調を速めた陽平が並ぶ。

これでは、一緒に登校しているみたいではないか。

互いに会話はなく、ただ黙々と歩く。駅まで残り半分くらいの道のりになると、ほかの生徒達もパラパラと合流し始めた。いつもより視線を感じるのは、気のせいではない。原因は、絶対に陽平の存在だ。

「よ～っす！　新生徒会長♪　おは～」

「おはよ～」

自転車で颯爽と駆け抜けて行った男子生徒と陽平の短い挨拶。この瞬間、陽平について新たな情報が加わった。

「……生徒会長？」

「そ！　こないだ、生徒総会があってね。生徒会の選挙もあった。生徒会長への立候補者は三人。当選して、前期の新生徒会長は、この僕だ」

「ウソぉ～」

瑛麻の失礼な反応に、陽平は眉根を寄せる。

「ウソぉって、どういう意味さ」

「え？　いや、その……生徒会長の選挙に当選するくらい、優秀で人望がおありなんですね」

服装のせいだろうけど、追儺衆の一員として身に着けていた和装ベースの衣装のときと、制服姿では雰囲気がまるで違う。大きな印象の変化をもたらしているアイテムは、きっと秀才っぽく見える長方形の眼鏡。大牛蟹と対峙しているときはつけていなかったから、普段はコンタクトレンズをつけているのか、はたまたこれは伊達眼鏡か。それ度が入ってます？　とは、聞く気になれなかった。

陽平は眼鏡の奥の目を細め、眉間に刻んだシワをさらに深くする。

「なに？　その言い方……。もしかして、僕のことバカにしてる？」

「いえっ！　そんなつもりは」

ないのだけれど、瑛麻の言い方が、陽平の癪に障ってしまったようだ。

（会話って、難しい……）

もう、喋るのが嫌になってくる。かといって、テレパシーみたいに考えていることが伝わればいいのに、とは思わない。発語しようがテレパシーだろうが、言葉を交わすことに変わりはないのだから。

「金森さん……そんな真剣に受け取らなくていいんだよ。いやいやまさかそんなって、笑えるくらい適当でいいんだ。じゃないと、生きづらくない？」

陽平の言葉に、キョトンとしてしまう。

（励ましてくれてるの？　え、アドバイス？）

今度は戸惑ってしまった瑛麻を見て、ククッと陽平は肩を揺らした。

「ちょっ、ちょっと！　笑うなんて、なんなんですかッ」

「え～いや？　金森さん、顔に出やすいって言われない？　百面相とまではいかないけど、表情が豊かだね」

「そんなこと……初めて言われました」

笑われるくらい表情がコロコロ変わっていたなんて、そんな自覚は微塵もない。けれど、表情がわかりにくいと言われたことならある。ここに引っ越してくる前。前の中学校に通っていたときだ。

だんだん感情の起伏がなくなってきて、全部どうでもよくなっていた。そんな心境だったから、お笑い番組を見ていても表情筋は動かない。母に心配をかけないように気を使って普通を装ってはいたけれど、瑛麻を取り巻くすべてが母によって把握されていたから、現在の状況に至っている。

表情がコロコロ変わるということは、瑛麻にとって、いい変化であると受け取っていいのかもしれない。

オレンジ色をした鬼の電話ボックスが見えてくる。この電話ボックスが現れると、その先は駅前に作られたバスのロータリー。いつもなら、この辺りで動悸がしてくるのだが、今日はそれがない。

（この調子なら、もしかしたら……。今日は自動ドアを越えられるかも）

陽平のお陰とは思いたくないけれど、独りぼっちじゃない登校というイレギュラーが、いつもと気分を変えてくれているのだろう。気分が変われば、気持ちも切り替わる。次の段階に進める、ひとつのヒントを得たような気になった。

(今日は、ばあちゃんに嬉しい報告ができるかな?)

微かな期待が、芽吹いて少しした蕾のように膨らんだ。

汽車の到着を待ち、駅の待合スペースのベンチに腰かけていた。一人分の空間を開け、隣には陽平が座っている。

間もなく、汽車がホームに入って来るというアナウンスが流れ、同じ空間を共有していた溝口に住んでいる高校生たちが一斉に動き始めた。

ベンチから立ち上がってはみたものの、ピクリとも足が動かない。動悸が激しくなってきて、足の震えをごまかすように、ギュッとリュックの紐を掴む手に力を込めた。

隣に座っていた陽平は、すでに駅のホームへ続く自動ドアに向かっている。目の前にあった陽平の背中が、どんどん遠ざかってしまう。

(待って!　置いて行かないで……)

声にはならない心の叫びとは対極に存在する、別に一緒に行く約束をしていないのだから、先に歩かせておけばいいじゃないか、と冷めている思考部分。

やっぱり、今日も……ダメなのかもしれない。陽平が一緒に居てくれたら、自動ドアを越えて駅のホームに立ち、みんなと一緒の汽車に乗れるかもしれないと……明るい想像を、少しだけしていたのに。

（あっ……クラクラする）

目に映る景色がグラリと崩れ、床に両手と両膝をついてしまった。ゆっくり崩れ落ちたから膝を強打はしなかったけれど、床に散らばるチクチクと尖った小石が地味に痛い。キーンという耳鳴りが、より孤独感を掻きたてた。

「金森さん！」

わざわざ引き返してくれたのか、陽平の声が聞こえる。見捨てられなかったことが、瑛麻には泣けるくらいにうれしい。じわん……と、右肩に生じる温もり。誰かが置いてくれている、手の平の温かさ。直後、聞き覚えのある女の子の声が、瑛麻を心配してくれた。

「瑛麻ちゃん！　大丈夫？　調子悪いッ？」

「……彩蝶、ちゃん？」

ポツリと、心当たりの人物の名を口にする。そうだよ！　と、焦りを含んだ声が正解を告げた。

「彩蝶！　金森さんと知り合い？」

「知り合い！　瑛麻ちゃんの従姉の梨々華さんが、太鼓に連れて来たことがあって、そこで……。陽平君こそ、知り合いなの？」

「あぁ……ちょっとね」と、瑛麻と出会った詳しい経緯の説明は省き、陽平も瑛麻の前に膝を折る。

二人の短い会話から、旧知の仲であると推察できた。市内に比べたら、子供の数が少ないこの地域。ふたつ違いの学年だから、保育園や小学校、中学校でも変わらぬ面子なのだろう。

すでに完成してしまっているコミュニティの中に飛び込んでいくのは、怖い。今の時期、高校でもきっと、これまでの小中学校と同じく、すでに行動をともにするグループはできあがっているはずだ。

（そんな中に、私……今から入っていける？）

無理だ。疎外感が半端ない。

不安が重くのしかかり、目眩もひどくなる。ベンチに上半身を預け、グタリと伏せてしまった。駅を利用する生徒達は、なにあれ？　大丈夫？　と遠巻きに眺めながら、まぁ一緒に居るあの人達がなんとかするから大丈夫でしょ……と去っていく。

（わかるよ。面倒事には、なるべく関わりたくないもんね）

それでも、心配して足を止めてくれる人もチラホラ。

「無人駅になっちゃったから、こういうとき困るよな。救急車呼ぶ？」

「ビニール袋持ってるよ。吐きそうだったら使う？」

気遣ってくれる声も聞こえてきて、私なんかのために……という申し訳ない気持ちが生じてきた。私に構わないで大丈夫。汽車が出発しちゃうから、先に行って。そう言いたいのに、呼吸が荒くなり、喋ることができない。

「っ！　過呼吸か。ちょっと、そのビニール袋貸して！」

「瑛麻ちゃん、大丈夫だよ！　慌てないで、焦らないで。ゆっくり吸って、吐いてだよ」

陽平が、ビニール袋を瑛麻の口元に添える。これ以上迷惑をかけたくなくて、陽平からビニール袋を奪い取り、自分で口元に押し当てた。呼吸に合わせて、ビニール袋が膨らんだりへこんだり。苦しくて、目元には涙が浮かぶ。

彩蝶は瑛麻が落ち着けるように、大丈夫だよ～と声をかけながら、ゆったりとしたテンポで背中を上下になでてくれていた。

(ごめん……。こんなことになって、ごめんなさい……)

自動ドアを越えて駅のホームに立ち、みんなと一緒の汽車に乗れるかもしれないと思って、ごめんなさい。みんなと同じ、普通ができるかもと思って、ごめんなさい。

ここまで体が拒否反応を示すだなんて、自分でもビックリしている。まさかこの夕イミングで、中学校の校門を越えようとしたときと同じ症状が出てくるなんて、微塵も想像していなかった。

学校に行けるようにリハビリをしているつもりだったけど、これじゃダメだ。リハビリなんかじゃない。ただの自己満足だった。

「う……っぅ」

瑛麻は身を縮め、玉子のように小さく丸くうずくまる。

「大丈夫だよ、瑛麻ちゃん」

「慌てなくていいからな。ゆっくり、落ち着いて」

心配からくる純粋な優しさが、重い。

(もう黙れ。うるさい。消えろ！　どっか行けッ！)

八つ当たりの暴言が心に浮かび、より自己嫌悪はひどくなる。

今この瞬間こそ、神隠しのように、この場から姿を消してしまいたかった。

八

過呼吸が治まったのは、だいたい三十分が経過した頃だった。乗る予定だった汽車は出発してしまい、次の汽車の到着までは、あと五分ちょっと。この汽車に乗らなければいけない陽平と彩蝶にお礼と別れを告げ、瑛麻は一人で駅をあとにした。

瑛麻が越えられない、駅のホームへ続く自動ドアという境界を、あの二人を含めたみんなが易々と越えていく。

みんなにできていることが、できない。普通ができず、悔しくて苦しい。

瑛麻のやりたい《普通》は、そんなにハードルが高い要求なのだろうか。

（私は、あと何度この感情を味わうことになるのかな……）

祖母の家に帰る気にはなれず、楽楽福神社に向かう気にもなれなくて、駅とも近い伯耆町役場溝口分庁舎の近くにある溝口神社に足を運んでみることにした。

民家と軒を連ねるように並ぶ石造りの鳥居と、両腕を回しても指先が届かないほどの直径がある大きな石の灯篭が一対。民家と民家の間に造られた参道を進んでいくと、屋根の両端の反りが息を呑むほどに見事な入母屋造《いりもやづく》りの拝殿が現れた。

太く束にした藁で捻られた注連縄《しめなわ》は、太いほうが向かって左側。瑛麻の腕の長さくらいはありそうな二本の紙垂《しで》が、ユラユラと風に揺れている。向拝を支える梁の部分には白で塗られた貘だか獅子だか判断がつかない動物が、狛犬みたいに一対彫られていた。向拝妻部にも、彫りが見事で立派な蒼い龍。雲か波かわからないけれど、渦巻くなにかの中に顔を見せる構図になっていた。

長山神社の敷地面積よりは広く、楽楽福神社よりは狭い感じ。社務所はないけれど、境内には荒神社もあって、子供達が鬼ごっこをして遊べるくらい広さは十分だ。

(初めて来てみたけど、こんな立派な神社だったんだ……)

楽楽福神社のように木々に囲まれていないから、境内には陽の光が燦燦と降り注いでいる。向かって右側に立つタブノキは大きく枝を伸ばし、葉を茂らせ、拝殿に影を作っていた。注連縄が巻いてあったら、御神木だと認識していただろう。

拝殿に近づいて注連縄のさらに上を見上げると、額には《溝口庄　國司大明神》と墨で書かれている。

「國司、か……」

昔、この地を司っていた人が祀られている神社なのだろうなと、大まかな認識をした。

礼をして柏手を打ち、簡単に参拝をしてから、賽銭箱の横に腰を下ろす。背負っていたリュックも下ろし、階《きざはし》にもたれかかるように背中を預けた。

「はぁ……しんどい」

深い溜め息とともに、感情を吐露する。胸の内に溜め込んだままにしておくよりは言葉に出したほうがスッキリするかもしれないと思ったけれど、そうでもない。落ち込んだ気持ちは、どこまでも深く沈んだまま。祖母の想いを知ってから、少しずつ前向きに、いいほうに向かっていけそうと思えていたのに。

（なにがいけなかったんだろう……）

身の丈以上のことをやろうとしていたのだろうか。いや、違う。鶯王に、身の丈以上のことを頼まれたのがいけなかったのだ。それが、プレッシャーになってしまっている。

「大牛蟹さんを救ってほしいって、先に方法を伝えてから頼みなさいよね」

確実に救える方法を先に教えてもらっていたら、やってみる！　と答えられたかもしれないのに。それとも、救う気概のない者には、教えられないような方法だったのだろうか。

瑛麻を二度もタイムスリップさせてしまえた鶯王のことだから、そういう波動を介した方法だったのかもしれない。生命の危機を感じて波動が活性化するのなら、やる気かなにか、そういうプラスの要素が波動に影響する方法だったりするのかも。

いずれにせよ、すべてあとの祭り。今さら鶯王に尋ねても、瑛麻には教えてもらえないかもしれない。なにより瑛麻自身が、今は鷟王とも汰一郎とも、顔を合わせたくなかった。どんな顔をして行けばいいかもわからないし、どう接したらいいのかもわからない。

瑛麻は、鷟王と汰一郎からも逃げている。

嫌なものや事柄から目を背け、逃げて、全部シャットアウトして。平穏を求め、殻の中に閉じこもる。それではなにも変わらず、解決しないと理解しているけれど、その手段しか取れない自分が悔しくて情けない。

どうしようもない状況に置かれても、打開しようと立ち向かっていけるだけの勇気が欲しかった。戦いたくないのに、仲間を守るために立ち上がった、大牛蟹や乙牛蟹のように。

（ん？　あれ、なんだろ……？）

不意に、ボ〜ッと眺めていた拝殿の影が変化する。直線を描いていた屋根の影に、モコッと生じた大きな瘤《こぶ》。瘤はピョンと飛び上がり、屋根の影から分裂する。ダンッ！　と、目の前に大きな塊が落ちてきた。

瑛麻はギュッとリュックを抱き締めて息を詰め、屋根から飛び降りてきた塊が動くのを黙って眺めていた。

両膝をうまく利用して着地の衝撃を逃がし、のそりと立ち上がる。二メートル近い身長に、筋肉質なガタイのいい体。上半身は裸だが、長い髪をひとつに束ねた後ろ姿には、見覚えがあった。

「大……牛蟹、さん？」

金棒を担いだ大牛蟹は半身で振り返り、長い前髪を耳にかける。髭に覆われた傷と火傷だらけの顔を瑛麻に向け、厚い唇を開いた。

『誰だ』

（やっぱり、私のことなんて……覚えてない）

瑛麻には昨日のことだけど、大牛蟹にしてみれば、二千年以上の刻が経過している。汰一郎は瑛麻の声に反応したと言っていたけれど、やはりそれは気のせいだったのだ。

目を細め、記憶の中を探るように、眉根を寄せる大牛蟹。ゴクリと生唾を飲み、瑛麻だよ……と名を告げた。

『えま……？』

リュックを抱えたまま階から降り、影から出て、陽の光に身をさらす。大牛蟹の目が、大きく見開かれた。

『瑛麻！』

大きな声に、身がすくむ。けれど大牛蟹は、瑛麻を覚えていた。嬉しかったが、それと同時に、恨みと憎しみに取り憑かれた大牛蟹の暗い瞳を思い出す。

（やっぱり私……今でも、乙牛蟹さん殺したって……恨まれてるのかな？）

慎重に観察すると、今の大牛蟹の瞳には、驚きと戸惑いが浮かんでいる。

大牛蟹は金棒を肩に担ぎ、大股でドシドシ歩み寄ると、瑛麻の左肩を掴んだ。黒く尖った爪がわずかに食い込み、痛さに表情をしかめる。そんな瑛麻には気づかないようで、大牛蟹は焦りを帯びた声音で『瑛麻ッ！』と、もう一度名を呼んだ。

『ここは、どこだ？　俺の知っている景色と、まるで違う！』

「どういうこと？」

『俺は、幽世《かくりよ》へ旅立ったはずなのだ。現世での、北の守護の役目を次の者へと引き渡して……。それなのに、ここは？』

記憶が、混乱しているのだろうか。

「私と初めて会ったとき、この時代の人間じゃないって言ったの……覚えてる？　ここは、元々私が住んでる時代。大牛蟹さんが生きていた時代から、二千年以上の年月が経っているの」

『二千年……』

口にすると呆気ないが、時の流れとしたら雄大だ。文化も変われば、文明も違う。

『なぜ、二千年後……？』

いまだに混乱しているらしい大牛蟹に、瑛麻は問いを投げかける。

「幽世に旅立ったってことは、死んだってことよね？　今は目覚めた、とか……そういう感じ？　それとも、生き返った？」

『目覚めた。そうだ……気がついたら、ここだった。それで、記憶が蘇って……っう、あぁ……ッ』

「大牛蟹さん！」

大牛蟹は頭を抱え、瑛麻の前でうずくまった。大牛蟹の胸に、黒いモヤッとした塊が生じる。勢力を増す台風のように、黒いモヤは大きくなり、大牛蟹を飲み込んでいった。

どこからともなくゾワッと、谷川神社の近くを通ったときと同じ、嫌な気配が漂い始める。

（もしかして、この感じが大牛蟹さんの気配ってこと？）

汰一郎や追儺衆達が追っていた気配がこれだとするなら、なんと禍々しい。しかも神域とされる神社で、これだけの穢れが生じるなんて。

（大牛蟹さんに、なにが起きてるの？）

次第に、大牛蟹の肌が赤く変色していく。全身に穢れをまとった大牛蟹は、金棒を地面に突き立てて支えとし、ゆらり……と立ち上がった。

いつの間にか頭には、二本の角が伸びている。その姿は採石場で目にした赤鬼だ。

『あぁ……そうだ、思い出したぞ。瑛麻……お前のせいで、乙牛蟹は殺されたんだったな』

前髪の間から覗く瞳には、タイムスリップして会ったときと同じ、怒りと憎しみが宿っている。

『許さん。お前も殺してやる。覚悟しろ！』

大牛蟹はブォンと風を切りながら、右手で金棒を振り上げた。

（あんなの、頭に一撃くらったら死んじゃうじゃない！）

この場にとどまるという選択肢は、もちろんない。思いっきりダッシュして、大牛蟹から逃げきることができるだろうか。

リュックを背負い、走りだそうと足に力を込める。

――ザィイインッ
瑛麻が走りだす直前、金棒が振り下ろされ、境内の砂と土が飛び散った。

両腕で顔をかばい、砂が入らないようにギュッと目を閉じる。パラパラと皮膚に当たる土の感触が消えた。グッと喉に衝撃が加わり、ぶら下がるように体が宙吊りとなる。

「ぐ……っ、ぁ……くァ」

瑛麻の首を掴む大牛蟹の手には、どんどん力がこもっていく。首を通る血管や筋肉が圧迫され、キーンと生じる耳鳴り。大牛蟹の手を解こうと、指先に力を込めた。

（死んじゃう……）

首の骨が折れるのが先か、窒息するのが先か。

（助けて……誰か、助け……て）

ゾワゾワとした悪寒が襲い来る。苦しみの中で、真っ先に浮かんできたのは汰一郎の顔。次に陽平。最後に、大矢口命。全員、最近知り合った人ばかり。長い時間を共有した間柄でもないのに、無意識下では、とても頼りにしていたらしい。

命の危機に瀕している状況で、頼りにしたい相手というのは、長い年月を共に過ごした人達であるとは限らないみたいだ。

口の端から、溢れ出た唾液がタラリと垂れる。ミシミシときしむ音は、きっと骨と筋肉の繊維。

瑛麻の死因は、変死として捜査されるのか、自殺として処理されるのか。

こんなことなら、妙な憶測をされないように、日記でもブログでもＳＮＳでもやっておくんだった。きっと、イジメが原因で死んだとか、そんな物語を作り出されてしまうのだろう。そんなのは、嫌だ。事実とは違う、下世話な邪推をされたくない。

（でも、もうダメ……）

不思議なもので、今より過呼吸を起こしていたときのほうが苦しかったかも。大牛蟹の手を解こうとしていた指先には、もう力が入らない。意識が遠のいてきたから、このまま眠るように、意識を手放して死ぬのだろう。

（ごめん、ばあちゃん……。でも、私……自分で命を投げ出したんじゃないよ）

ダラリと手が落ちる。と同時に、ギャッと大牛蟹の短い悲鳴が上がり、首から圧迫感が消えた。

気道が確保されたのに、ドラマであるような咳き込みさえもしない。ただ静かに、のた打ち回る大牛蟹を眺めていると、右の目に深々と矢が刺さっているのが見えた。

（あの矢羽根……知ってる）

大矢口命が、なにか役に立つかもしれんと、陽平に渡していた矢だ。

（先輩が、来てる？）

でも今は、汽車に乗って高校へ向け、移動中のはず。それとも、汽車に乗らず、瑛麻を気にかけて戻ってきてくれたのだろうか。

（なんか、もう……どうでもいい）

肺いっぱいに酸素を吸い込み、ゆっくりと目蓋を閉じる。

「大丈夫か！」

耳に届いた声は、汰一郎でも陽平でもない。

（……誰？）

上半身を抱き起こされる感覚に、億劫だったけれど、閉じたばかりの目蓋を持ち上げた。

目に入ったのは、キッチリと上げられた前髪。陽平の師匠であるオールバック男が、瑛麻の窮地に駆けつけてくれていた。


大牛蟹の呻き声を聞きながら、瑛麻はオールバック男に問いかけた。

「……誰？」

「賀茂泰成《かもやすなり》。陽平の師であり、近畿中国ブロックを管理管轄する責任者の一人だ」

オールバック男――泰成は、声を発した瑛麻に安堵の笑みを浮かべる。

昨日は怖い印象を受けたけれど、それは気が立っていたからなのだろう。包み込まれるような優しさの気配に、疲弊しきっている身を委ねたくなってくる。

「あの矢は？　先輩が……大矢口命さんから受け取ってたのに、なんで賀茂さんが持ってるの？」

「陽平から預かっていた。タイムスリップした先で、始祖である大矢口命から授かったと。自分が持っていても大牛蟹の退治に参加できるかわからないから、持っていてくれと頼まれてな」

泰成は、矢を抜こうと躍起になっている大牛蟹に視線を転じた。わずかに口角が上がり、興奮したような笑みを浮かべている。

「あの矢の威力……本物だ。今日は信じよう。キミと陽平が、タイムスリップしていたということを」

「なんで、信じて？」

「あの大牛蟹に、怪我を負わせることができたからだ。それほどの神力が備わっているのに、疑いようがない！」

どれくらいすごいことなのかわからないけれど、追儺衆の中間管理職的な立場の人間が興奮しているのだから、とにかくすごいことなのだろう。

(やっぱり、大矢口命さんって……すごい人だったんだ)

だから、乙牛蟹にも、矢を命中させることができたのだろう。そのせいで勘違いされ、瑛麻は大牛蟹から恨まれているわけだけれど……。

「もう、一人で座れそうか？」

「あっ、はい……」

泰成は頷くと、瑛麻を一人で座らせ、念の刀を作り出す。スックと立ち上がり、切っ先を大牛蟹に向けた。

「お前は幸運にも、孝霊天皇に仕えることで生きながらえた。授けられた使命を思い出し、誇りを胸に今一度鎮まるのだ！」

にわかに風が吹き始める。落ちていた葉が舞い上がり、笹の葉に囲まれた過去を彷彿とさせた。

大牛蟹は矢を引き抜くことよりも、泰成と対峙することを優先させたようだ。力任せに矢をポキリと折り、かかる負荷を軽減させる。フーッフーッと荒い息のまま、金棒を担いで泰成と向かい合った。

「待て待て待て～ぇい！」

エンジン音を響かせながら、汰一郎がバイクで乗り込んでくる。瞬時に、泰成の怒号が飛んだ。

「貴様、また邪魔をしに来たか！　しかもバイクで境内まで入り込むとは、何事だッ！」

「俺だって不本意だけど、緊急事態だから許しとくれや！」

バイクを降りた汰一郎は走りながら念の刀を作り出し、大きく金棒を振りかぶっていた大牛蟹の腕を背後からザンッと切り落とす。

ダガンッと大きな音を立て、金棒が落下した。切断面からは血のように黒いモヤが吹き出したけれど、瞬く間に腕は再生する。

「ックソ！　いとも容易く腕を切り落としやがって……ッ」

悔しそうな泰成の毒吐《どくづ》きに、腕を切り落とせるだけでもすごいことなのだと、陽平が話していたことを思い出す。本来なら、もっと手間取るものなのだろう。

（やっぱり、モモタロウさんって……すごい人なんだ）

一緒に行動した限りでは、全然そうは見えなかったけれど。

泰成と瑛麻の間に着地した汰一郎は、「ちょっ、ヤバくね？」と泰成を振り向き見る。

「斬った感じ、さらに実体を伴ってやがるんだけど」

「だーかーら～ッ！　この間の段階で退治しておけばよかったのだ。そうすれば、今日この子は死にかけなくてもすんだのにッ！」

ビシッと泰成に指差され、誘導されるように汰一郎の視線が飛んできた。

「えっ！　瑛麻、死にかけたの？」

「……うん」

なぜだろう。汰一郎の登場によって、一気に緊張感みたいなものがなくなった気がする。

「悪ぃ。もっと早く、大牛蟹の気配に気がつけていたら……」

汰一郎の言う大牛蟹の気配が、あの嫌な感じのことを言っているのなら、到着は早いほうだ。きっと、大牛蟹の気配を察知し、離れた場所からバイクをすっ飛ばして馳せ参じてくれたのだろうと想像がつく。

　再生した腕の動作を確認している大牛蟹に警戒しつつ、後悔の念をにじませている汰一郎の背に、瑛麻は声をかけた。

「大丈夫だったから、気にしないで。賀茂さんが駆けつけてくれたおかげで、死ななかったし」

「カモ……さん？」

　瑛麻が泰成の苗字を口にすると、キョトンとした表情を汰一郎は浮かべる。泰成のほうに顔を向け、アンタ……賀茂さん？　と、再度確認した。

「そうだ。それがどうした」

「あはッ！　すっげ！　アンタが噂の賀茂さんだったのか」

「噂だと？」

　パァァと嬉しそうな笑みを浮かべる汰一郎とは反対に、泰成は怪訝に眉をひそめる。

「とぼけなくていっすよ。近畿中国ブロックに、すごい人が居るって。俺、会ってみたかったんですよね」

　そうかそうか～と繰り返しながら、汰一郎は刀を担ぐように、峰のほうを肩にトンと当てた。

「それだけの実力者なら、この間の動きにも納得がいくってもんっすよ」

なぁ！　と、汰一郎は無邪気にはしゃぐような表情を消し去り、真剣な眼差しを浮かべる。

「しばらく、共同戦線といきません？」

「なんだとッ？　ふざけているのか！」

滅相もない、と汰一郎は、瑛麻が知る中で一番真面目な表情のまま泰成に向かい合う。

「ふざけてなんかいませんって。一般人に被害は出したくない。大牛蟹を鎮めたい。手段は違うが、目的は同じ。ここは民家に挟まれています。この場所での本格的な戦闘を避けたい想いは同じでしょ？　人気《ひとけ》がなかった、日野川の河川敷に誘導するまででいい。どっすか？」

「どうって、そんな……」

泰成が迷っているのがわかる。汰一郎の提案は、的外れではない、ということだ。

泰成の視線が、チラリと瑛麻を向く。しばし逡巡し、チッと盛大な舌打ちをした。

「しかたない……。その提案に乗ってやる！　だが、俺は追儺衆の役目を果たす。邪魔はするなッ」

「それは無理な相談なわけでして。あっちについたら俺がやるんで、賀茂さんは瑛麻を守ったってくださいよ」

ニシシと、汰一郎は歯を見せて笑う。

どこまでも意見は平行線で、お互いに妥協しそうにない。

腕の動作を確認し終えた大牛蟹は金棒を拾い上げ、泰成でも汰一郎でもなく、瑛麻を狙って突進してきた。

「っわ！」

瑛麻は汰一郎に抱えられ、大牛蟹に斬りかかる泰成を視界の端に捉える。二人の対応が速すぎて、なにが起きたのか理解するのに少し時間がかかった。

バイクに向かって走る汰一郎の肩越しに、刀を振るう泰成の背中が見える。瑛麻を追いかけようとする大牛蟹の、足止めをしてくれているのだ。

話し合いもしていないのに、互いが自分の役割を認識しているみたいな動き。即席であるはずなのに、汰一郎と泰成の連携は、見事に息が合っていた。

(同じ立場だったら、いいバディになれてたんじゃ……)

バイクの後ろに座らされ、汰一郎から「ほれ！」とヘルメットを投げ渡される。危うく落としそうになり、覆い被さるように両腕で抱え込んでキャッチした。

「ってかさ。なんで瑛麻は、大牛蟹から狙われてんの？」

汰一郎は、理解に苦しんでいるようだ。瑛麻はヘルメットを抱える腕に力を込める。

「……大牛蟹さんは、私が乙牛蟹さんを殺したと勘違いしてる」

「瑛麻が？　それは違うだろ」

「でも大牛蟹さんの認識は、そうだったの！　あの場所まで、私が乙牛蟹さんを誘導して……大矢口命さんに、狙わせたって」

手早くヘルメットを装着しながら、汰一郎は「そうか……」と呟いた。

「だったら、まずはその誤解を解かないとだな」

ドゥルンとエンジンをかけ、発進の準備が完了したことを伝える。ヘルメットを装着し終えた瑛麻は、急いで汰一郎の腰に腕を回した。

「瑛麻を狙ってるんなら、大牛蟹は瑛麻を追って来るってことでＯＫ？」

「だと思います！」

きっと今の瑛麻は、馬の眼前に垂らされたニンジンと同じ。間違いなく、大牛蟹は追って来るだろう。

「おっし、しっかり掴まってろよ！」

「はいッ！」

瑛麻の返事と同時に、バイクは勢いよく発進する。

境内をバイクで走るのは、きっと人生の中で、これが最初で最後。

騒がしくして、ごめんなさい！　と、瑛麻は心の中で溝口神社の神様に謝罪した。

九

　汰一郎の腰にシッカリ掴まり、国道一八一号線を爆走する。ほんの数日前まではバイクの後ろになんて乗ったこともなく、汰一郎にしがみつくことも恥ずかしかったのに。非日常な経験が、これまでになく、他者との関わりを急速に深めてくれていた。

　振り向くと、泰成に進路を邪魔されながらも、大牛蟹は瑛麻を追って来ている。特撮ヒーロー物のように、大牛蟹の通ったあとが木っ端微塵とならないか心配だったけれど、まだそこまでの質量は伴っていないようだ。大牛蟹が望む物だけ触ることができるのか、まったく眼中にない建物や庭木なんかは、ホログラムのようにスッと通り抜けていく。

　日中の国道一八一号線は、夜に比べると交通量はわりと多い。もし万が一、なにも知らない一般車両や人々に、先日よりも実体を伴ってきた大牛蟹がぶつかったらと気が気ではなかったけれど……その心配は杞憂に終わったみたいだ。

「モモタロウさん！　日野川の河川敷って、どこに行くのッ？」

　信号待ちで止まったタイミングを見計らって話しかける。日野川の河川敷は、どこも一八一号線に沿っていて丸見えだ。こないだの採石場みたいに、人目につかない場所じゃない。

「ささふく水辺公園！　さっき通ったから。今日は人が居なかったから。もし見られても、アクション訓練かなんかだって言い訳すればいっかなって」

拍子抜けするほど単純な理由に、肩の力が少し抜ける。

ささふく水辺公園とは、楽楽福神社と国道一八一号線を挟んだ場所にある公園だ。公園といっても、子供が遊べるような遊具はなく、グラウンド・ゴルフが楽しめる広い面積を有している。周囲にはグルリとソメイヨシノが植えられ、桜の季節には名所のひとつとして、多くの人々が訪れていた。

今は桜のピークを越えて花は散り、青々とした葉が茂っている。ささふく水辺公園は道路から下《くだ》った位置にあるし……意外と、桜の木々と茂る葉が屋根の役割を果たし、目隠しになってくれるかもしれない。

「それに、道路や線路で分断されてるけど、元々ささふく水辺公園は楽楽福神社の敷地なんだ。だから、神域のパワーにあやかろうと思う！」

信号が青になり、再びバイクは走りだす。振り向いて後方を確認するも、まだ大牛蟹と泰成の姿は見えない。

右折のウインカーを出し、一八一号線から外れ、ささふく水辺公園へと続く道を下っていく。汰一郎はベンチの傍にバイクを停め、ヘルメットを脱ぐと、大牛蟹の気配を探るべく集中した。

瑛麻も汰一郎に倣い、ヘルメットを脱ぐ。そよそよと爽やかな風が心地よく、大牛蟹の件がなければ、ピクニック気分に浸れただろう。

「うん、来てるな。来てるぞ」

汰一郎は、よしよし、と笑みを浮かべて何度も頷く。

「やっぱ、あの賀茂さんは仕事ができる人だね。人が居ない道を選んで、うまく誘導してくれてるよ」

汰一郎はベンチに腰を下ろし、両足を投げ出す。大牛蟹と泰成が到着するまでの、小休憩といったところだろうか。

不意に訪れた沈黙の間。まだ瑛麻は気まずさを引きずっていて、居心地が悪い。

「なぁ」と、沈黙を破ったのは、汰一郎だった。

「瑛麻は、どうして……楽楽福神社じゃなく、溝口神社に居たの？」

「それは……」

答えにくい。触れられたくない部分だっただけに、胃がキュッと縮む。両手に持ったままのヘルメットをギュッと抱き締めた。

「鶯王様に、会いたくなかったから……かな？」

「……わかってるなら、聞かなくてもいいじゃん」

汰一郎の言うとおり、会いたくなかったから避けたのだ。

図星を突かれて不機嫌になった瑛麻は、汰一郎に背中を向け、同じベンチに腰を下ろす。リュックはベンチの上に置いたけれど、ヘルメットは抱えたまま、離すことができない。きっとこれは、小さな子が手にするぬいぐるみの代わり。ささやかな精神安定効果をもたらしてくれていた。

「瑛麻に悪いことをした、って。あのあと鷲王様、落ち込んでたぞ。己の目的を達するためだけに、瑛麻に無理を強いてしまった……って」

なにも答えることができず、ヘルメットを抱く腕に力がこもる。

（無理強いしてしまったって後悔を伝えられても、それでどうしろって言うのよ……）

一度、この胸に抱いてしまった警戒心は消えないし、ぬぐえない。ガラガラと閉じたシャッターのように、心がシャットアウトしてしまっている。

本当なら、汰一郎にも会いたくなかった。鷲王からの頼みを快諾できなかった瑛麻に対する、汰一郎の評価を知ることが怖かったから。

こんな、大牛蟹に襲われるなんてアクシデントが起きなければ、一緒に行動はしていなかっただろう。

瑛麻……と、とても優しい声音で、汰一郎が名を呼んだ。

「今は難しいかもしれないけど、少しずつでいいから、自分を許してあげられるようになるといいな」

予想外な汰一郎の言葉が、かたくなに閉じていた心のシャッターに小さな風穴を開けた。

「自分を……許す？」

なにを言いだすんだ？　と、戸惑う感情が眉間にシワを刻ませる。

「俺の目からすれば、瑛麻は……自分がイメージするとおりできない自分に、怒っているように見える」

「そんな……」

怒ってなどいない。けれど、情けないとは思っている。みんなと同じように、普通ができなくて、悔しくて情けなくて、みじめで恥ずかしい。そんな自分に腹が立つ。

(腹が立つ？)

初めて認識した感情に、戸惑いを覚える。

(私、腹が立ってたの？)

腹が立つとは、怒っているということ。父はどうかわからないけど、こうなってしまった瑛麻を、母も祖母も梨々華も、誰も直接的には責めていない。なんで、どうしてと腹を立てているのは、他ならぬ瑛麻自身だった。

——自分で自分をいじめないで

不意に、祖母の言葉が蘇る。

(私……自分で自分をいじめて、自分で自分に怒ってたの？)

途端に、ブワッと目に涙が浮かんで溢れ出す。

「おい、瑛麻ッ⁉」

ギョッと目を丸くし、慌てた汰一郎は立ち上がる。瑛麻は鼻と口元を両手で覆い、静かにうつむいた。

(全然、気づかなかった……)

過去の疵を何度も思い起こさせ、その出来事をトラウマにして責め続けているのも。できない自分を何度も認識させて落ち込ませているのも。全部、瑛麻。自分の心を守っていると思っていた感情は、すべて逆の効果をもたらしていた。

過去の自分に鎖をつけ、そこから動けないように、何度も「お前はこうなんだから」と負の感情と記憶で打ち殴っていたのは……。その場にとどまらせ、次に行かせないようにしてたのは、瑛麻本人。

気づいたら、もうすべてがバカらしく思えてきた。

同級生を前にして話せなくなる自分も、駅のホームへ続く自動ドアという境界線を越えられない自分も。全部、足を引っ張っていたのは、ほかの誰でもない。瑛麻自身だったのだから。

しかし、そうと気づけても、すぐに思考パターンを修正することは難しい。現状、少しでもあの頃を思い出すと胃が痛むし、気は重くなる。トラウマはトラウマで、その感情ごとすべて「そうだよね、悲しかったよね。つらかったよね……」と、抱き込んでやるしかないのかもしれない。

一生かけても癒しきれない疵だろう。けれど、自分で自分をいじめて、自分で自分に怒っていると気づく前とあとでは、瑛麻の中でなにかが違った。

重荷が、少し軽くなったような気分だ。

いまだに止まらない涙が、ポタリポタリと地面に染みを作り続ける。

「モモタロウさん……」

「なっ、なんだよ」

うつむいたまま涙が止まらない瑛麻を前に、オロオロと慌てている汰一郎が、ひどく不格好に思える。あんなにすごい動きができて、追儺衆の中ではエースと噂されていた人物の慌てふためいている姿は、瑛麻に《人間》を認識させてくれた。多面性を受け入れてこそ、いろんな自分を許せるようになるのではないかと。少し、そう思えた。

手の甲で涙を拭い、微かに震える声で、自分の考えを口にする。

「もしかしたら、大牛蟹さんも……自分が許せないのかもしれない」

自分の判断で、瑛麻を生かす選択をした大牛蟹。そう選んでしまった自分が許せなくて、責任の所在を瑛麻に向けているのでは。

もう無理だと、諦めの選択をした瑛麻が、学校へ通うことができなくなったのはあいつらのせいだと、憎み続けてきたように。

いじめという言葉を使うと軽く認識してしまうけれど、あれは立派な犯罪だ。瑛麻は間違いなく被害者で、あいつらは絶対に加害者となる。だけど、そのあとに何度も何度も、そのときをフラッシュバックさせてきたのは、瑛麻の脳——記憶だ。

「大牛蟹さんの、記憶の認識を変えてあげることができれば、あんなふうに荒ぶることはなくなるかな？」

汰一郎の言葉で、瑛麻が気づけたように。大牛蟹にも、何度も自分の心をさいなむ記憶から、解放するなにかを。

「そういえば……大牛蟹さんの胸に、黒いモヤができてたの」

「黒いモヤ？」

「うん。すごく気持ち悪い気配？　感じがするヤツだったんだけど。それが広がってったら、人の外見から角が生えた赤鬼の姿に変身して、凶暴になっちゃったの」

ふむ、と汰一郎は顎に手を当てて考え込む。今日も汰一郎の顎には髭が生えていて、なぜだか無性に面白さが込み上げてくる。

ふふっと笑う瑛麻に、汰一郎は訝しげな表情を浮かべた。

「なんだよ？」

「え？　別に」

モモタロウさんと出会えてよかった、と伝えたいけれど、気恥ずかしいから胸の内にしまっておくことにする。口にしてしまうと、感謝の想いから、さらに違った気持ちに発展してしまいそうで怖いから。よけいな感情は、芽吹かせないようにしなければ。この人は、瑛麻の前から去ってしまうんだもの。

まぁいいか、と瑛麻の言葉を深追いしないと決めたらしい汰一郎は、もしかしたら……と呟く。

「瑛麻の見た黒いモヤは、大牛蟹が荒ぶる原因となっている核みたいなモンかもしれん」

「核？　でも、なんでそんなものが？」

わからん！　と、汰一郎は頭を掻いた。それから「さて！」と気合いを入れながら立ち上がり、体側を伸ばしたり屈伸をしたりと準備運動を開始する。

「もうすぐ来るぞ。賀茂さんと大牛蟹」

「近いの？」

「おぉ、すぐだ」

見てみろ、と、汰一郎が一八一号線と線路の向こう側を指差す。

家々の間と田んぼの中を駆けて来る、泰成と大牛蟹の姿があった。

器用に一八一号線を走る車を避けながら、泰成は大牛蟹を誘導して、ささふく水辺公園へ到着した。汰一郎と瑛麻の元に駆け寄ると、崩れ落ちるように四つん這いとなり、ハァハァと苦しそうな呼吸を繰り返す。

「まったく……無茶な要求をしてくれる！　これは、貸しだからなッ」

「なに言ってんすか。共同戦線なんですから、貸しもなにもないっすよ」

「はぁ？」

怒り口調の泰成を適当にあしらい、汰一郎は二の腕に圧をかけて肩甲骨をストレッチする。

「次は、俺の番です。ゆっくり息を整えてください」

言うが早いか、汰一郎は大牛蟹に向かって駆けて行く。振り下ろされた金棒に飛び乗り、丸太を渡るみたいに、タタタ……とバランスよく駆け上る。大牛蟹が金棒を振るうと同時に飛び上がり、肩車のように、大牛蟹のガッチリとした肩にストンと収まった。

「ちょっと、俺と話をしよう」

グラリと汰一郎は上体をのけ反らせ、大牛蟹の重心を崩しにかかる。汰一郎の重さにつられてバランスを崩した大牛蟹は、背中から地面に倒れ込んだ。

大牛蟹が倒れる途中で離脱した汰一郎は、宙返りのような動きで体勢を立て直し、スタッと見事に着地する。両手で印を結び、長々と祭文らしき言葉を唱え始めた。

詠唱が終わる前に大牛蟹が動きだすのでは、と心配したけれど、どうやら動こうにも動けないらしい。手足にグググと力を込めるも、視認できない手で押さえつけられているように見える。

「あの男……なにするつもりだ」

泰成は身を反転させ、右膝を立てたまま地面に腰を下ろした。まだ呼吸は荒く、その運動量はすさまじかったのだろうと想像がつく。

「あ、あの……。ありがとう、ございました」

「なにがだ？」

感謝を述べた瑛麻に、泰成は不機嫌な表情を向けた。ピッチリ整えられていたオールバックが、少し乱れている。オールバックをキープできる整髪料がすごいのか、この程度の乱れですむ泰成の身体能力がすごいのか……。気になったけれど、今はそこに突っ込むべきときではないと自分に言い聞かせた。

「モモタロウさんの提案を受け入れてくれて、ありがとうございました」

「フンッ！　なんてことはない。ただ、被害が出そうな場所での戦闘は控えたいという意見が一致しただけだ。もう少し動けるようになったら、隙を見て大牛蟹の心臓を貫いてやる。本当なら、動きが封じられているように見える今この瞬間にでも行きたいくらいだ」

泰成は泰成で、追儺衆の信念に則って行動をしている。

陽平は、退治されたときのことを追体験させて、自分は負けていたことを思い出させると説明してくれていたけれど、再び大牛蟹に同じ体験はしてほしくない。あの……荒れ狂う笹の葉が舞い、煙にむせ、火が迫る恐怖は、もうごめんだ。

「大牛蟹さんは……追体験させないと、鎮まらないんですか？」

「そうだ。二千年近く続けてきた伝統の方法にケチをつける、あの男の言い分が理解できん」

泰成は立てていた右膝に肘を置いて頬杖をつき、眼光を鋭くする。

「どうやって大牛蟹を鎮めるのか、見定めてやる」

瑛麻も汰一郎に目を向けると、いつの間にか、その体はほのかに青白い光に包まれていた。

「出《い》で参らせ給え。大日本根子彦太瓊命」

「なんだとッ？」

「えっ、なにがッ？」

驚きに大きな声をあげた泰成に、瑛麻もビックリしてしまう。

その間にも青白い光は凝縮されていき、大牛蟹と同じ、約二メートル近い高さとなる。次第に青白い発光は、フェードアウトしていくように消えていく。汰一郎が召喚したと思わしきモノの全貌が見えてきた。

頭に、大牛蟹と同じ約九十センチもの長い角を生やし、皮膚の色が青い大男。身に着けているのは、鶖王とデザインが同じ服。首からは五連の勾玉と管玉で作られた首飾り。腰には装飾が見事な直刀の大刀《たち》を携えている。耳の下辺りの位置で結ばれている角髪《みずら》が、身分の高い人物であると暗に伝えていた。

「あの男……やりやがった」

焦りのせいか、苛立ちのせいか、泰成の声はワナワナと震えている。瑛麻も棒立ちになったまま、汰一郎と大男、臨戦態勢を崩さない大牛蟹を見つめていた。手に汗を握り、ゴクリと生唾を飲む。

（モモタロウさん……いったい、誰を召喚したの？）

大日本根子彦太瓊命という名には、覚えがある。でも、そんなはずがあるだろうか？　と、素直に認められない。

泰成がギリリと奥歯を鳴らした音を耳にする。泰成の両目は見開かれ、わずかに鼻の穴も広がって、その表情は怒りとも興奮とも受け取れた。

「百々山のヤツ……孝霊天皇……？」

「あれが、孝霊天皇……孝霊天皇を再現しやがった！」

でも、あの姿はまるで――。

「青鬼みたい」

ポロリと出てきた言葉に、瑛麻は慌てて口に手を当てる。泰成の機嫌を損ねてしまったかもしれない。ヒヤヒヤしながら泰成の様子を窺うと、苦虫をかみ潰したような表情を浮かべていた。

「キミの感想は、否定できない。古来、同等以上の力を誇示すべく、相手と同様の姿になり応戦することがあったという。あの姿は紛れもなく、伝わっている孝霊天皇の御姿だ」

「そんな……」

知らなかった情報とはいえ、イメージしていた孝霊天皇とまるで違う。もっと威厳のある、髭を蓄えたおじ様、イケおじという風貌だと勝手に想像していた。

青い肌に眼光の鋭い双眸は、畏怖の念と同時に、仏像の闘神を眺めているような、そんな清らかさがある。恐ろしいだけの存在ではなく、神々しい姿だ。

「でも、召喚したんじゃなくて、再現したって……？」

こういった場面では、だいたいそういったモノが降霊術っぽい技で呼び出されているイメージがある。

「追儺衆は、霊媒組織ではない。念を使ったり、気を操ったりはするが、霊能力者や呪術師のようなことができるわけじゃないんだ。あれは、この土地の記憶に残っている思念の集合体。二千年以上前の、土地が有する記憶の中から孝霊天皇に関する粒子を寄せ集め、念を使って形を与えたモノだ」

「なんか、よくわからないけど……記憶を実体化させたってこと？」

産土神《うぶすながみ》が居るように、自然界の事象を八百万の神として祀り、信仰する文化のあるこの国なら、土地に記憶もあるのだろう。

泰成は「そうだ」と、自信がなかった瑛麻の解釈を肯定し、「だが、しかし！」と、頭を抱えた。

「誰もが簡単にできることではない。こんなこと、よく思いついたものだ」

認めたくはないけれど、感心はしている。そんな複雑な心境なのだろう。

「本部に報告は必要。でも、成功例を作るわけにはいかない」

泰成は疲労困憊していた体に鞭打つように立ち上がる。

「あっ、待って！　成功例ってなに？　どういうこと？」

　追儺衆とは違うやり方で大牛蟹を鎮めようとする汰一郎の邪魔をさせたくなくて、泰成の黒い装束を背後から両手で掴み、動きだそうとした瞬間を意図的に邪魔した。

「ッ！　こら、離すんだ！」

「説明してくれたっていいじゃない！　ケチーッ！」

「ケチって、そんな場合じゃないだろう」

　突如として、瑛麻の視界がグルンと回転する。後頭部に手を添えられ、地面に落ちて受けるはずだった衝撃を緩和された。合気道のような技で投げられたのだと理解するのに、少し時間を要す。守るように瑛麻の頭を支えてくれたのは、泰成の優しさだ。

「百々山のような実力が、誰にでもあるわけではない。ただ一人ができるだけではダメなんだ。唯一ではない、誰にでもできる方法、やり方。それを普及させるほうが、組織には合っている」

　仰向けに倒れた瑛麻の顔を覗き込み、低い声で泰成が告げる。

「残念だが……。百々山のやり方は、阻止させてもらう」

「そんな！　待って、賀茂さんッ！」

　呼び止める前に泰成は踵を返し、瑛麻の元から走り去ってしまった。

　大牛蟹の目は、汰一郎が再現した孝霊天皇に釘づけとなっている。

『おぉ、大王《おおきみ》……お懐かしや。その御姿は、いかがされましたことでしょう。まるで、俺が討たれたときのようではございませぬか。普段のあなた様は穏やかで……』

喋りながらも、大牛蟹は自分の発言に違和感を覚えたらしい。ん？　と何度も首を捻り、現状を把握しようとしているように、瑛麻の目には見える。

汰一郎は印を結んだまま、ゆったりと落ち着いた口調で話しかけた。

「そうだ、大牛蟹。アンタは孝霊天皇に仕えることを選択した。今また荒ぶっているのはなぜだ？　理由は、原因はなんだ？」

『俺が……荒ぶる理由？』

汰一郎の話に、聞く耳を持つようになっている。これなら、大牛蟹と対話が可能かもしれない。大牛蟹が暴れる理由を語ってくれたら、なにか対処法が掴めるかも。

それに、もしかしたら……瑛麻の誤解を解いてもらえるかもしれない、という期待が込み上げてくる。だからこそ今、泰成に邪魔をさせるわけにはいかない。

(だけど……私に、賀茂さんを止めることができるの？)

実力差なんて、火を見るよりも明らか。できることなんて、たかが知れている。

(でも、そうか……。先輩に諦めないでって発破かけちゃった手前……私も、自分で自分を見限って、諦めちゃダメなんだ)

陽平に、反抗期らしく反抗しろと言った瑛麻自身が、自分に自信が持てないからという理由で、わずかな可能性に目を背けることは許されない。心臓を念の刀で貫いて、負けたときを思い出させる以外の方法で、大牛蟹が救われる未来を閉ざしては……救う未来を投げ出しては、いけないのだ。

（なにが大牛蟹さんの救いになるか、わからないけど）

追儺衆でもないのに、鷲王や汰一郎と関わりを持った瑛麻にできることが、なにかあるのかもしれない。だって、あの鷲王が、瑛麻に救いを求めたのだ。

瑛麻のなにで大牛蟹を救えるか、雲を掴むような話ではあるが。

（でも、とりあえず……私にできることを探さなきゃ）

なにができる？　と自問するも、大牛蟹の怒りを助長させる未来しか想像できない。ビンタのひとつでも覚悟したら、大牛蟹の腹の虫も治まってくれるだろうか。

（いやいや、ダメよ、ダメ！　暴力よりも、話し合いよッ！）

拳で語り合うなんてこともあるだろうけど、本当に語り合えているのか甚だ疑問だ。言葉では伝わりきらなくて、感情を表現するためのわかりやすい行為が、投げるや叩くといった行動になるのだと思う。ともすれば、それは……まだ言葉を喋ることが発育段階として未熟な二歳児と同じと言えなくもない。言葉が喋れるようになっても、自分の気持ちを伝えきれずに手が出てしまう、三歳児や四歳児と同じなのかも。

やっていることは、理由はどうあれ、子供の喧嘩と理屈は同じ。仲裁に入る先生役を、自分達で担えるのが大人の対応なのかもしれない。

（私は、そんな大人な対応なんて、できないよ……）

でも、一度は諦めてしまった対話を、今度は諦めるわけにはいかないのだ。

「大～牛蟹さーん！」

声の限り、大牛蟹を呼ぶ。孝霊天皇を前に、少し穏やかになっていた大牛蟹の顔が、瑛麻のほうを向いた。

とにかく、第一は謝罪だ。瑛麻の本意ではないけれど、瑛麻の行動で乙牛蟹が死んでしまった事実は変わらない。

「ごめんなさァーい！」

声を張り上げすぎて、最後のほうは裏返ってしまった。制服のスカートをギュッと掴み、大牛蟹と視線を合わせる。大牛蟹がなにか発言をする前に、言葉を続けた。

「私は、乙牛蟹さんに……生きててほしかった！　あのときも、私は乙牛蟹さんを止めたくて、あとを追ったわ！　でも……」

到着したときには、すでに取り返しがつかなくなっていたのだ。

「乙牛蟹さんに、先に行ってって、言わなければよかった。お腹の音を聞かれなければ、あのタイミングで麓に降りよう、なんて話にはならなかったのに……」

蘇る記憶とともに涙が込み上げてくる。声が震えてしまっては、この距離だと大牛蟹に届かないかもしれない。

瑛麻は、大牛蟹との距離を縮めた。

汰一郎が警戒してくれているのがわかる。走り去ってしまった泰成は、林立する桜の樹の陰に身を隠して好機をうかがっているのか、所在の確認はできない。汰一郎が作り出した孝霊天皇は、相変わらず静かに佇んでいるだけ。大牛蟹は毒気を抜かれたように、怒りと憎しみがこもっていない眼差しを瑛麻に向けていた。

瑛麻は歩みを止め、大牛蟹に頭を下げる。

「私は、天皇軍の間者なんかじゃない。でも、大牛蟹さんから……大事な弟の乙牛蟹さんを奪うきっかけになってしまって、ごめんなさい」

鷲王は、瑛麻が現れなくても、乙牛蟹が死んだ原因は同じであったと言っていた。でも……間に起きた事象に、瑛麻が自ら望んだことではないにしろ、関わってしまっているのが今回だ。

涙でゆがむ視界を瞬きでクリアにしようとするも、うまくいかない。制服の袖で涙を押さえて吸収し、頭を上げた。

「大牛蟹さんは、なにに一番怒っているの？　一番許せないのは、誰？」

『俺は……』

「私は、自分が許せない。自分で自分に怒ってるって、教えてもらって気づけたの。

大牛蟹さんは？　私みたいに、自分が許せない、なんてことにはなってない？」

大牛蟹は、ゆるりと自らの両手に視線を落とす。そして、地面に転がる金棒を目にした。

『そうだ、俺は……ずっと、戦に巻き込んでしまったことを悔やんでいた。あいつらを見捨てられず、戦に踏み切る選択をした俺自身を……許すことができない。悔やんでも、悔やみきれない』

大牛蟹の瞳に涙が浮かび、全身から黒いモヤが蒸気のように噴出する。

黒いモヤは、絡《から》め取られた綿菓子のように、一ヶ所に凝縮されていく。黒く密度の濃くなった球体は、奈落の底みたいな漆黒の闇を帯びていた。

刹那、白銀がきらめき、凝縮された黒いモヤが汰一郎の繰り出した一刀のもとに両断される。

――ザシュッ
同時に、グゴァ……ッ！　という苦しげな大牛蟹の呻き声がした。

瑛麻は、目に映る光景を信じたくなくて、一瞬の間に脳が受け取った情報を冷静に分析する。

汰一郎は、大牛蟹から抜けた……という表現でいいと思う、黒いモヤの球体を斬り伏せた。それは汰一郎が、核だと思うと言っていた物体だ。きっと、あれを斬れば大牛蟹は元に戻るはずだと、瑛麻もそんな認識をしていた。汰一郎が場所を離れても、孝霊天皇は悠然と佇んだまま。大牛蟹の後ろには、泰成が居る。泰成が手にしている念の刀が、大牛蟹の体を背後から貫いていた。

「大牛蟹さん！」

「おいッ！」

瑛麻の大牛蟹を呼ぶ悲痛な声と、なにしやがる！　という怒りのこもった汰一郎の

声が重なる。泰成は無表情のまま、大牛蟹の心臓を貫いた刀を抜き取った。途端に、

大牛蟹が頭を抱えて苦しみだす。

『うわぁぁああ！　やめろ、やめてくれッ』

手でなにかを振り払う仕草をし、地面を転がり回る。

『熱い……焼ける……ッ』

――あぁ、もうやめてくれ。俺の、俺達の負けだ。降参だ。

――許してくれ。もう戦わない。奪わせないから、許してくれ。

――戦力を買ってくれるだと？

――あぁ、誓おう。アンタに、大王に従い、この地を北の侵略から守り抜こう。

『守る……守ろうぞ。今度は自分達ではなく、この地の民を守るために戦おう』

ブツブツと呟くように、守る、という言葉を繰り返し、大牛蟹の姿は薄くなってい

く。

「待って！　大牛蟹さんッ」

「賀茂さん！　アンタなにしてくれるんすかッ！　どうして、最後まで見届けてくれなかったんですッ？　あのモヤの塊を見たでしょ？　あれは核ですよ。きっとあれのせいで荒ぶってたと仮説が立てられた。だから、あれを斬れば鎮まるか、その検証ができたのに！」

汰一郎は泰成に詰め寄り、思いきり胸倉を掴む。瑛麻は陽炎のように存在が希薄になってしまった大牛蟹の元に駆け寄り、両膝をついた。胸元に手を置いて、仰向けに倒れている大牛蟹の顔を覗き込むけれど、その瞳は瑛麻を映していない。

「大牛蟹さん！　大牛蟹さん？」

ブツブツと何事かを呟きながら、さらに大牛蟹の姿は薄くなり、空気に溶けるように消えていった。

あっけない幕切れに、瑛麻は言葉が出てこない。大牛蟹が居た痕跡はなにも残っておらず、嫌な気配も消えている。汰一郎と泰成が居ることだけが、ここで起きたことは現実であると認識させてくれていた。

「賀茂さん、アンタの目は節穴か？　大牛蟹の様子が変わってきていたのを感じ取れなかったわけじゃないだろ！」

　声を荒らげる汰一郎に、泰成は同じ言葉を繰り返す。

「イレギュラーな成功例を作るわけにはいかない」

「そのイレギュラーに、俺は挑戦してんだよ！」

　クソッと吐き捨てるように言いながら、汰一郎は胸倉を掴む手を起点に泰成を投げ飛ばした。不意をつかれたのか、泰成の体は美しい放物線を描いて宙を舞う。しかし、なにをする！　と抗議をしながら見事な着地を披露した。

　汰一郎はケッとやさぐれながら腕を組む。

「なにをする！　じゃねぇよ。さっき、瑛麻のこと投げたでしょ？　ちゃんと見てたんすよ。一般人は守るとかなんとか抜かしといて、あ～おっかしぃ。ちゃんちゃらおかしくて、臍《へそ》で茶が沸くわ」

「やかましい。揚げ足を取るな！　急を要する事態だったし、それに怪我はさせていない」

　たしかに、手を添えて頭は守ってくれていた。瑛麻は意図的に邪魔をしていたし、泰成の言葉にウソはない。

　汰一郎はハンッと半笑いで、着地した姿勢のまま立ち上がらない泰成を見下ろす。

「これくらいの嫌味、言ったって勘弁してくださいよ。ホントは、殴り飛ばして蹴り倒したいくらい腹が立ってしかたないんだ。もう役目は終わったんだろ？　さっさと帰って本部に連絡すればいい！」

　泰成に怒りをぶつけ、拒絶するように踵を返した汰一郎は、悠然たる眼差しを浮かべるだけの孝霊天皇の元へ向かった。正面に立つと、体を直角に曲げる礼を二回して柏手を打つ。淀みのない言葉の羅列で孝霊天皇に礼を告げ、どうぞお帰りください、といった意味の文言を述べた。

　神のように、ただそこにあった孝霊天皇の姿が消えていく。

　残されたのは瑛麻と、汰一郎と泰成だけ。険悪な雰囲気の大人二人がこれからどうするのだろうと、動向をうかがう。すると、ひと声もかけることなく、泰成は汰一郎に背を向けた。そのまま瑛麻のほうに向かって来る。

　先ほどのことがあったから、瑛麻は警戒し、身を強ばらせてしまう。泰成は立ち止まり、すまなかったな、と瑛麻にしか聞こえない声量で謝罪を告げた。

　謝られた直後、目と鼻の奥がツンとして、涙が込み上げてくる。

（こんな幕切れ……嫌だ！）

　願わくば、笑顔の大団円を迎えたかったのに。

　大牛蟹は笑顔を見せることなく、過去に囚われたまま消えてしまった。

「うっ……ぐすんっ……はッ……うぅ～」

二度三度と拭っても、涙は止まらない。泰成は「すまなかった」ともう一度告げ、瑛麻の前から去って行く。

その場にしゃがみ込み、声を上げて泣いた。この広い公園には汰一郎しか居ないし、いろんな情けない姿も見られているから、今さら本気のガチ泣きを見られても羞恥心など湧いてこない。気が済むまで泣いてやるんだ、と心に誓った。

『十五だと聞いていたが、やはり子供だな』

聞き覚えのある声に涙は引っ込み、勢いよく顔を上げる。

目の前に、空気に溶けるように消えていった、大牛蟹が居た。しかも赤鬼の姿ではなく、普通の、タイムスリップした先で出会ったときと同じ姿の大牛蟹だ。

「なんで……?」

『あの男が、瑛麻と話す機会を与えてくれた』

大牛蟹の顔が、印を結んでいる汰一郎のほうを向く。

きっと、孝霊天皇を再現したときと同じようなことをしてくれているのだろう。汰一郎の優しさに、胸の奥がじんわりと熱くなる。

『瑛麻には、八つ当たりをしてしまったな。嫌な思いをさせて、すまなかった』

「すまなかった……って」

瑛麻のせいで乙牛蟹が死んだと思っていたのだから、あの怒りと憎しみは当然。大牛蟹が謝るのは、少し違う気もする。

『実は……幽世に赴いてから、乙牛蟹に会ったのだ』

「乙牛蟹さんに?」

驚く瑛麻に、大牛蟹は『あぁ』と嬉しそうに頷く。

『それから、いろんな話をした。戦のあとのこと、この地を守っていたときのこと。それから、瑛麻のことも話した』

「私のことも?」

なんだろう。自分が知らないところで話題に挙げられていたと聞かされたら、なんだか気恥ずかしくなってくる。

『そう。だから、本当は知っていたんだ。瑛麻が、間者ではないということを』

それなのに……と、大牛蟹は拳を握り、トントンと自分の胸を叩いた。

『ここに、怒りと憎しみが溢れ、どうにもできなくなってしまった』

「なんで、そんなことに?」

わからん、と大牛蟹は呟く。

『気づけば荒ぶり、鎮められる事態となっていた。その男には……迷惑をかけてしまったな』

大牛蟹はチラリと汰一郎を一瞥し、瑛麻に視線を戻す。その瞳には、優しさと慈しみが宿る。初めて会ったときに近い大牛蟹だ。

『俺のことを……気にかけてくれて、ありがとう。自分で自分を許す、というのは、なんとも難しい課題だ』

「うん、同感だよ」

許すことには、忍耐が伴う。忍耐なんて、耐え忍ぶなんて、苦行そのものだ。自制をせずに怒り続けるほうが、憎しみ続けるほうが、何倍も楽だと思う。

人間は怠惰な生き物と揶揄されることがあるけれど、たしかにそうで……規律や約束事に縛られた生活よりも、自由で自堕落な生活に憧れを抱く傾向にある。楽なほうに、簡単なほうに、難しくないほうに流れていく。瑛麻が学校に通えないのは、あいつらのせいだとしたほうが簡単であるように。自分で自分のトラウマを見定め、改善させていくほうが難しい。

「それでも、やらなきゃ」

足踏みをしたまま、前に進めないと嘆くより。変わりたいと思うなら、少しずつ、一歩ずつでも確かな成長を。いつまでも、あんなやつらの記憶に囚われ、縛られたままの人生なんて楽しくない。

ちょっと前までの瑛麻は違ったけれど、今は、そんなふうに考えられる心境になった。それは、祖母や梨々華、汰一郎のお陰だろう。

『瑛麻は、少し変わったな』

大牛蟹の評価に、目を丸くする。

『前よりも、今のほうが……なんとなく瞳に生気が宿っているように思う』

少しの変化に気づいてもらえたことが嬉しくて、自然と笑みが浮かんできた。

「ふふっ、ありがとう」

『瑛麻も頑張ってるなら、俺も頑張らないとな』

「大牛蟹さんは……今、なにをしているの？」

『幽世から、この地を守っている。各集落に建つ神社が、俺の目だ』

だから大牛蟹が現れたとき、チェックポイントみたいに関わっていたのが、谷川神社や溝口神社といった地域の神社だったのだろう。

「なんか、防犯カメラみたいね」

『防犯カメラ？』

「市井の人々の暮らしを見守る複数の目、みたいなものかな？」

実際は少し違うけれど、大牛蟹には、これくらいの説明のほうが伝わりやすいだろう。

『市井の人々の暮らしを見守る目……』

フッと、大牛蟹の口角がわずかに上がる。『悪くない』と、乙牛蟹とよく似ている、ニカッと歯を見せた満面の笑みを浮かべた。

『さて、そろそろヤツの体力も尽きそうだ。きっと、これで会うのは最後だな』

大牛蟹の言葉を受け、汰一郎のほうに顔を向けると、見ただけで疲労困憊なのが伝わってくる。印は結んでいるけれど、どことなくフラフラで、顔面からは半分以上の生気が抜けていた。ゲソゲソのおっさん。そんな表現が、今の汰一郎にはピッタリだ。

瑛麻も苦笑を浮かべ、そうだね、と同意する。

『会えなくても、俺は居る。寂しく思わなくてもいいし、もう心配もしなくていい。

瑛麻は、自分のことに専念しろ』

「わかった。向こうに戻ったら、乙牛蟹さんにも会う？」

『会うぞ。なにか伝えたいことはあるか？』

伝えたいことというか、聞きたいことならある。瑛麻に笹団子を食べさせようとしなければよかったと、そんな後悔はしていないか。瑛麻を恨んではいないのか。

だけど、そんな想いはグッと飲み込んだ。こんなのは全部、自分のせいで……という負い目を軽くしたいだけのことだから。

「大丈夫。乙牛蟹さんが向こうで元気に過ごしてるなら、私は十分だよ」

『そうか』

大牛蟹は笑顔を貼りつける瑛麻の頭にポンと手を置き、耳元に顔を近づける。

『ちなみに、ヤツは瑛麻のことを少しも恨んでなんかいないぞ。自分の不甲斐なさには嘆いていたけどな』

「あ……っ、え、なんで？　私、顔に出てた？」

ペタペタと顔中を触る瑛麻に、大牛蟹は盛大な笑い声を上げた。

『わははは！　それくらいわかるさ』

腹を抱えてひとしきり笑い、汰一郎に向き直る。

『心遣いに感謝する。瑛麻と話す機会を与えてくれて、ありがとう』

汰一郎は、ただコクリと頷くのみ。孝霊天皇を還すときと少し違う文言を口にし、深く一礼をした。

次第に、大牛蟹の姿が消えていく。今度は、瑛麻に満足そうな笑みを向けて。

瑛麻の心に巣食っていたしこりも、溶けるように消えていった。

「っだー！　疲れた～ッ！」

大牛蟹の姿が完全に消えると、汰一郎は大の字に倒れ、雲が棚びく清々しい空を仰いだ。瑛麻は急いで駆け寄り、汰一郎の傍にちょこんと膝を抱えて座る。

「……ありがとう。モモタロウさん」

「おぅ。いってことよ」

これで後腐れがないだろ？　と言いたげな笑みを浮かべ、あ～ぁッ！　と盛大な伸びをした。

「今回は確実にいけたと思ったんだけどなぁ。また追儺衆のほうに軍配が上がっちまったよ」

「隠れて背後からって、せこかったよね」

「だよなー」

「卑怯よ」

「そうだそうだァ～！」

でも……と、汰一郎は急に真面目な顔をする。

「あれが、あの人達の正義なんだ。俺のほうが異端なのは、承知の上だ」

返す言葉が見つからず、瑛麻は口を閉ざす。

誰かしかできない特別な方法ではなく、誰もができる簡単な方法を。たしかに、それは間違いではない。念の力を使って探索はできない陽平でも、念の刀を使って大牛蟹の心臓を貫くことはできただろう。

(でも、やっぱり……あの苦しむ姿は、見たくなかった)

うつむいていた瑛麻の後頭部に、ポンと重みが加わった。いつの間にか起き上がっていた汰一郎が、眉をゆがめ、口の形をへの字にしつつ片方の口角を上げている。困ったような、しかたがないなぁと言いたげな、曖昧で複雑な表情。きっと瑛麻も、汰一郎と同じような顔をしているだろう。

「さって、と。我らが皇子様の元へ、報告へと参りますか」

太一郎はふらつきつつも立ち上がり、天地のエネルギーをチャージするみたいに、深く大きな深呼吸をした。

そうですね、と明るい声で答え、瑛麻も立ち上がる。

サワサワと桜の葉を揺らしながら、二人の間を駆け抜けていく薫風。降り注ぐ陽の光の眩しさと風の心地よさに目蓋を閉じ、少しの間だけ余韻に浸ることにした。


瑛麻は太一郎が安全に運転してくれたバイクから降りて、瑛麻専用となっているヘルメットを外した。楽楽福神社は、いつもと同じ。静寂の中にある。

田んぼの中に作られた参道を通り、隋神門をくぐると、円墳の上に佇む鶯王の背中が見えた。日野川の向こう側を望む鶯王の表情は、窺い知ることができない。きっと、鶯王の視線の先にあるのは、先ほどまで大牛蟹と太一郎達が激闘を繰り広げていたささふく水辺公園。

ここまで、音かなにかが聞こえていたのだろうか。

ザリッザリッと、歩くたびに砂を踏む音が静寂を破る。並んで歩く瑛麻と太一郎が立ち止まると、鶯王は振り向いた。

どことなく寂しげな、悲壮感のある笑みをうっすらと浮かべている。

『ここから、ずっと眺めていた……』

ポツリと呟いたかと思うと、不意に古墳の上から鶩王の姿が消え、社の前に再び姿を現す。意図した場所に瞬間移動ができるのだと、瑛麻は初めて認識した。

鶩王は汰一郎と瑛麻に向き直り、憂いを帯びた双眸に二人を映す。

『汰一郎』

「はい」

『瑛麻』

「……はい」

感謝する、と我らが皇子は、深々と頭を垂れた。

「ちょっ、鶩王様！　頭を上げてくださいッ！」

慌てた汰一郎が促すけれど、鶩王は一向に頭を上げようとしない。瑛麻と大きさが変わらない両の手が、太ももと膝小僧の中間辺りをギュッと握り締めている。

昔は……と、泣きそうな声を絞り出した。

『昔は、あの公園も……この神社の一部であった。昔のように木々が連なり、森を形成していたならば、私も駆けつけることができただろうに』

今回も、また……蚊帳の外であった、と小刻みに肩を震わせる。

『いつも大事なときに、なにもできない。歯痒くて、悔しくてたまらぬ……！』

鶩王の声音から感じ取れる憤り。瑛麻や大牛蟹と同じように、鶩王も自分自身に怒っていた。大牛蟹達と鬼住山で戦を繰り広げていた二千年以上前から、ずっと心に巣食っている負の感情。しこり、なのだろう。

また今回も……と嘆き憤る鶩王に、かける言葉が見つからない。「大丈夫だよ」なんて言ったところで、心が晴れるわけもなく、慰めにすらならない。

汰一郎が鶩王の前に進み出て、おもむろに片膝を地面につく。失礼、と短く告げて、鶩王を抱き締めた。

「悔しいときは、思いっきり泣いてもいいんです。男だろうと女だろうと。立場が上だろうと下だろうと。感じる心は同じ。抑え込んで制御することはできるけど、それをしなくていいときだってあるんです。今は、虚勢を張らなくていい。鶩王様は、十分に頑張りました。最善を尽くしたんです。自らを誇ってください」

汰一郎の励ましに、鶩王は泣くのだろうか。瑛麻だったら、きっと泣くだろう。緊張の糸が切れ、タガが外れ、ワンワンと。しかし、鼻をすする音さえも聞こえない。

鶩王は『ありがとう』と呟き、汰一郎の抱擁を解いた。

『取り乱して、すまぬ。話を戻そう。結局、大牛蟹の潜伏場所というのは、固定の場所ではなかったのだな』

「はい。大牛蟹は、この地の神社すべてに繋がりを持っていた。だから、各集落の神社に現れていたって感じです。数が多くて、必ずここに現れるというのがピンポイントでは掴みづらかったんですよ」

まったく、なにごともなかったかのように会話を続ける二人。すっくと立つ鶖王に片膝をつく汰一郎の姿は、まさしく王と家臣に見えた。

鶖王が涙を見せなかったのは、幼い頃からの教育と、鶖王自身の矜持からだろう。同じような年頃のはずなのに、育った環境と時代背景が違えば、こんなにも大人な対応ができるのかと、瑛麻は鶖王の幼少時代に想いを馳せる。

(そういえば、タイムスリップしたとき……村長って立場の人も、鶖王にヘコヘコしてたっけ)

きっと傲《おご》る人間ならば、立場と権力に勘違いしてしまうはず。それでも素直に、ありがとうを言える鶖王に育っているということは、周囲の大人の教育や、鶖王自身の努力の賜物だろう。鶖王が戦で死ななければ、どんな王になって伯耆国を治めていたのか。期待を寄せていた人達の嘆きと無念を想うと、胸が苦しくなった。

『瑛麻』と名を呼ばれ、沈思から引き戻される。鶖王に顔を向けると、大人になりきれていない幼さの残る顔立ちをしているなと、改めて認識した。

『此度の事態に尽力してくれたこと……感謝する。瑛麻がここに通い、私と縁を持てたのも、なにかの巡り合わせというものであろう。その縁にも感謝を述べよう』

鶯王が瑛麻に向けて浮かべる微笑は、村長達にも向けていた《皇子》の顔。二千年以上の刻が流れていようと、いまだに鶯王は皇子なのだ。瑛麻と同じ場所に降りてはくれず、友達という関係にはなってくれないだろう。それは、なんだか少し寂しい。

『汰一郎』と、まだ傍らで片膝をついている汰一郎に声をかけた。

『この気配を追ってみよ』

和紙のような質感の紙で丸く包まれた物が、いつの間にか鶯王の手の平に乗っている。細い縄で縛り、赤い文字の書かれた札が封印するように貼ってあった。

瑛麻の両手で包み込めそうなくらいのサイズ感。導火線がついていたら、夜空に打ち上げられる花火玉みたいだ。

「これは？」

鶯王から受け取り、汰一郎は全体を観察する。

『お前が斬り捨てたモヤの残滓だ。集めておいた』

「えっ、あれを？」

「マジすか！」

瑛麻と汰一郎の驚くタイミングが見事に同じだったからか、鶯王は年相応の笑顔を浮かべて楽しげに笑う。

『これくらいなら、私にもできる』

「は～ぁ、スッゲ。ありがとうございます！」

汰一郎は感嘆を漏らし、しみじみと、モヤを封じた玉を改めて観察する。鷲王がやってのけたことは、あの汰一郎が感動するくらいすごいことなのだと、なんとなく理解した。

（やっぱり、鷲王様は皇子なんだな）

ストンと腑に落ちる感覚が答えだったようで、鷲王はこれでいいのだと、妙に納得する。敷かれたレールを走るなんて嫌だと我が道を探す者も居るけれど……。鷲王のように、生まれ落ちて与えられた立場を、役割を、それらを全うする人生も……それもまたよし。多分、大事なのは、自分が納得できるかどうかなのだ。

『どうやら』と、鷲王が神妙な面持ちで話しだす。

『大牛蟹は、これで暴れるように仕向けられていたらしい。もしかしたら各地に、まだほかにも……これが影響を与えて暴れさせられてしまう、鎮められている者達が居るかもしれない』

鷲王の憶測を聞き、瑛麻の眉間にはギュッとシワが寄る。

「なんなの？　その、寝た子を起こすような所業は」

どこの誰か知る由もないが、はた迷惑もいいとこだ。有害でしかない。

「でも……なにか目的を持って、そんなことをしている人達が居るってこと？」

『おそらくな。可能性としては、否定ができない』

瑛麻の疑問を鶯王が肯定し、なるほど、と汰一郎も首肯する。

「わかりました。追ってみます。そんで、残滓についても調べてみます」

鶯王は『頼んだぞ』と、頼もしい汰一郎に向けて微笑を浮かべ、力強く頷いた。

『では。私も、そろそろ鎮まるとしよう』

鶯王の声のトーンが、どことなく寂しげに思え、瑛麻も後ろ髪を引かれるようだ。

そうだった……と、儚げな表情を浮かべている鶯王の美しい顔が、不意に瑛麻のほうを向く。

『瑛麻』

「……はい」

『國司大明神様より、許す、と言伝《ことづて》を預かっていた』

「國司大明神様、って……？」

聞き覚えがあるけれど思い出せない瑛麻に、あぁ、と得心した汰一郎が助け舟をくれた。

「溝口神社の御祭神だな。あそこは往古から、楽楽福神社の氏子を守ってきた産土神の神社。明治時代の神社改正のときに溝口神社って名前になって、楽楽福神社の摂社って扱いになってる」

『國司大明神様とは、私も交流がある。あの状況で謝罪ができる子は珍しいと、感心しておられた』

あの状況とは……大牛蟹に追われ、境内をバイクで逃げながら、ということだろう。

意外にも好感を得ていたことにくすぐったさを覚え、自然とはにかんだ笑みが浮かぶ。

「また改めて、お詫びに伺うことにするわ」

『そうしてくれたら、國司大明神様は、もっとお喜びになるだろう』

神様から喜ばれる行いをすることは、正しいことをしているような気持ちになれる。

それが正解であると、答えを示してもらえることが、純粋に嬉しかった。

さて……とひと息つき、鶯王は瑛麻に寂しげな笑みを向ける。

『もう私の姿を見ることはないかもしれないが……。ここには、いつでもおいで』

「ありがとう、ございます」

大牛蟹ともだけれど、鶯王とも会えなくなるのは、やっぱり寂しい。顔を合わせることに気まずさがあったけれど、気にしていたのは瑛麻だけだったらしく、いつもどおりの対応だった。こういう関係は、後腐れがなくて、なんかいい。

『瑛麻。出会いは、人を変える。瑛麻にも、その芽はすでにある。春を待つ蕾のように、芽吹く瞬間を静かに待っているよ。その蕾は、もう間もなく綻ぶであろう』

言葉のとおり、綻ぶような笑顔を残し、鶯王の姿が消えていく。楽楽福神社の境内には、瑛麻と汰一郎の二人だけが残された。

「なんか……あっけないね」

「未練がなきゃ、あんなもんさ」

「私は、名残惜しく思っちゃうよ……」

心にポッカリと穴が空いたみたいに寂しい。

「じゃ、俺も行くわ」

「もう？」

驚く瑛麻に、当然だろ？　と、汰一郎は鶯王から預けられた包みを目の高さに掲げた。

「鶯王様から預けられたこれを解析してみなきゃだし、一度家に戻るよ」

「そっか……」

目的が達成されたから、みんな去っていく。取り残される、置いて行かれる、という表現は違うとわかっているのに……悲しい。

「そんな顔すんなって。生きてりゃ、俺とはまた会える。死んでも鶯王様や大牛蟹達に会えるかは、わかんないけどな」

頭の上にポンと大きな手が乗り、髪の毛をワシャワシャと掻き回される。やめて！

と汰一郎の手を振り払う気にはなれず、なされるがままになっていた。

短い嘆息とともに、頭に乗っていた汰一郎の手が瑛麻の左肩に置かれる。

「ま、元気に過ごせよ。学校にも、まあ……いつかは行けるようになるさ。行けなくても死にゃしない。今じゃ、勉強にもいろんな手段や選択肢があるんだろ？　学校での経験はもちろん大切だけど、それだけじゃないし。社会に出れば、どうとでもなるもんさ。堅苦しく生きるなよ」

じゃあな、と汰一郎は、瑛麻の横を通り抜けて行く。咄嗟に、白いＴシャツに手が伸びた。指先に触れた布を掴み、思い切り引っ張る。汰一郎の足が止まり、瑛麻を振り向き見た。

「どうした？」

どうしたもこうしたも、瑛麻だって自分の行動に驚いている。汰一郎を呼び止めて、なにがしたかったのか。瑛麻自身がわかっていない。

口ごもる瑛麻の手を取り、汰一郎は瑛麻に向き直って、目の高さを合わせてくれる。

「じゃあな。コミュ障ＪＫ」

ニッと歯を見せて笑う汰一郎が、瑛麻の脳裏に、いつまでも鮮明に焼きついていた。

十

トボトボと一人で家路を歩き、玄関の鍵を開けた。

三和土には、見慣れた梨々華のパンプスがある。パンプスということは、仕事が休みだったのだろう。祖母も仕事に出ているから、誰も居ない家に帰るものだと思っていた瑛麻は、帰ったときに誰かが居るという安心感を得た。

寂しさを紛らわせるのに、梨々華の存在は救いだ。

大牛蟹と鷲王は消え、汰一郎も去ってしまった寂しさは、心を空虚なものにしてしまっている。

リビングに続くドアを開けると、ソファにはリラックスしている梨々華の姿。いらっしゃい、と声をかけると、梨々華は寝転んでいた姿勢から上半身を起こした。

「お帰り。お邪魔してるよん」

チラリと瑛麻を一瞥し、スマートフォンに視線を戻す。滑らかにスィススィと指先でなぞり、カチッと画面を暗くした。

「今度の稽古の参加者を確認してたの。誰が来るかで、稽古の内容をある程度でも決めとかなきゃね」

「梨々華ちゃんも大変だねぇ」

「まぁ、好きでやってるから」

楽しいよ、と梨々華は笑みを見せる。

瑛麻はソファの足元にリュックを置き、梨々華の隣に腰を下ろす。なにを話したいわけでもないけれど、ただ近くに、人の気配を感じていたかった。

「……どうしたの？」

やはり梨々華は、瑛麻の変化を察知する。敏感というか、観察眼が鋭いというか。

梨々華には隠し事ができない。

「モモタロウさん……帰っちゃった」

「えっ！　太鼓の見学に来るって言ってたのに？　あのウソつきめッ」

そういえば、そんな約束をしていたな……と、ぼんやり思い出す。鷲王から授けられた急ぎの案件があるからしかたないとはいえ、きっと梨々華は根に持ち続けるだろう。

「なんか、急ぎの用事ができたんだって」

「仕事？」

「だねぇ」

給料が発生する仕事なのか、ライフワークなのかわからないけれど。汰一郎にとっては大事なことだ。

「それで瑛麻ちゃんは、寂しそうな顔してるの？」

「まぁ……不本意ながら」

違うと否定するのもなんだから、認めてしまうしかない。

「ふーん」とつまらなそうに、梨々華はソファに座ったまま両膝を抱える。

「なんか釈然としな～い。なんなのあの男。ほんの数日しか瑛麻ちゃんと関わってないくせに、存在感を深く根付かせてんじゃないわよ」

「なんで梨々華ちゃんが不機嫌になってんの？」

ぷ～と膨らむ両頰は、怒ったフグみたいだ。尖らせた唇をヒヨコのクチバシみたいにピヨピヨさせ、変顔で瑛麻を笑わせにかかる。

「ちょっと、美人が台無しだよ」

冗談交じりに梨々華の肩を押すと、起き上がり小法師のように、瑛麻のほうへと勢いよく戻ってきた。そのままの勢いで、瑛麻はギュッと抱き締められる。

「瑛麻ちゃんは、あの男に恋しちゃったのかしら？」

「え、えっ、なんで？　そんなわけないじゃん！　いくつ歳が離れてると思ってんの？」

予想もしていなかった言葉に、顔が熱い。真っ赤になりながら慌てて否定すると、わかってないなぁ！　と梨々華は瑛麻の顔を覗き込んできた。

「好きになるのに、歳の差なんて関係ないのよ！」

梨々華の言葉には確信があり、断定的だ。

「でも、目を覚ましなさい。そんなの幻想なんだから。まやかしよ、まやかし！　時間が経てば、なんで私……って、ハッと気づく瞬間が訪れるんだから」

梨々華の力説に、はは……と苦笑を浮かべる。なにか嫌な思い出でもあったのか、年上への恋心にかなり否定的だ。

「梨々華ちゃん……身に覚えでも？」

「ある。高校生三年のとき、クラスの副担で進路指導のお世話になった先生のこと……めっちゃ好きになっちゃってた。でも、告白は踏みとどまったのよ？　すごくない？　勘違いだ〜って言い聞かせ続けて二学期と三学期を過ごしたわ」

生徒と教師の禁断の恋は始まらなかったけれど、つまり梨々華は一年の半分以上、副担に恋心を寄せていたということ。

「その人、何歳だったの？」

「三十前半」

なるほど。梨々華が恋心を芽生えさせた副担は、汰一郎と年齢が近い。梨々華が、寂しそうにしている瑛麻を心配するわけだ。

「梨々華ちゃん、青春してたんだねぇ」

楽しそうな高校生活で、羨ましい。

「そうなの。青春だったわ。でも、十代だからこそ感じた副担への憧れだったの。成人してから同窓会で再会してみなさいよ。ただのオッサンなんだから！　頭が薄くでもなってでみなさい？　幻想も粉々よ。百年の恋も冷めるわ。なんて、言いすぎかしら？　ゴメンね！　だって、瑛麻ちゃんが心配で……」

一回のブレスで一気に喋り尽くした梨々華は、自己反省してシュンと肩を落とす。

「だから、それは梨々華ちゃんの早とちりで勘違いだって」

そんな想いを抱かぬよう、見ないフリをしてきた感情なのに。ここで梨々華に自覚させられてしまったら、陰ながらの努力がすべて無に帰してしまう。汰一郎を頼りにしていたし、頼もしいと感じていた。懐いていた事実は認めよう。でも、恋であってはならないのだ。好きになっても、一緒には居られない人なのだから。

「そう？　私の勘って、こういうとき当たるんだけど」

「もぅ！　しつこいよッ」

照れ隠しに声を荒らげると、楽しそうに梨々華は笑う。

「なんか、いいね。従姉妹でこういう話をするのも。私、妹が居ないから嬉しい」

「私も。お姉ちゃんが居たらこんな感じなのかなって、思うときあるよ」

世話焼きの従姉が実姉なら、もしかしたら煩わしいと感じてしまうかもしれないけれど。このお節介に、今の瑛麻は救われている。

「私……正式に太鼓メンバーんなろうかな」

「え！　マジ？」

和太鼓が大好きというわけでも、篠笛が吹いてみたいというわけでもない。けれど、なにかに集中して打ち込める環境が、いいなと思えた。それになにか、別のことを考えている時間があると、学校に行けないことばかりに気を取られなくてすむ。集団の中で行動するのは、なにも学校生活だけではない。できることから始めるのだ。

瑛麻の発言に衝撃を受けている梨々華は、面白いくらい目を真ん丸にしている。目玉が飛び出しそうで、思わず笑ってしまった。

「まだね、汽車に乗って学校に向かうのは無理だけど……。太鼓の人達に加わって、集団の中にいる自分の練習をするよ」

久しぶりの集団行動は疲れてしまうかもしれないけれど。適度に休みつつ、無理のない範囲で頑張ってみよう。できないことばかりに目を向ける癖も、少しずつ治していくんだ。

梨々華がドンッと胸を叩き、嬉しそうな満面の笑みを浮かべる。

「サポートは任せて！　彩蝶も、メンバーみんなが喜ぶよ」

彩蝶という同級生の名前を耳にすると、まだ条件反射で胃がキュッと縮んでしまう。

これも、少しずつよくなっていくことを祈るしかない。

「うん……リハビリ目的で、頑張る」

「そうね。無理のないようにしましょ♪」

手始めに、水曜日の稽古に顔を出すことにしよう。

環境に変化を。少しの風穴を。これを機会に、ちょっとでも自分が変われるように。

コミュ障ＪＫと呼ばれない自分になりたかった。


翌朝。玄関を開けると、また陽平が待っていた。

「おはよ」

「……おはようございます」

「迎えに来た」

「迎えに来られても、見たでしょ？　駅のホームにさえも行けないのよ」

昨日、過呼吸で苦しむ姿を目にしての今日。陽平はなにを見ていたのだろう。

「いいんだよ、リハビリのつもりで。慣れだよ。習慣化。続けてたら、なんかのタイミングで行けるようになるかもしんないだろ」

「まぁ、そうですけど……」

それに、と陽平は表情を曇らせる。

「なにかあったとき、誰かが近くに居たほうがいい」

なにかあったとき、が示すものは、過呼吸だろう。たしかに、一人のときに起こしてしまっては……という不安がつきまとわないわけではない。でもそれで、陽平に責任を感じさせてしまうのは違う。なんと言って断ろうか考えていると、不機嫌そうな陽平の声がした。

「ちょっと？　僕が勝手にしてることなんだから、責任とか感じなくていいからね。面倒になったら適当にやめるから、僕の気が済むまでやらせてよ」

瑛麻の考えそうなことなどお見通しとでも言わんばかりに、グイグイ先手を打ってくる。ここまで言われたら、こちらが折れるしかないではないか。

「わかりましたよ。勝手にしてください」

だから、瑛麻も勝手にしよう。

陽平の前を横切り、前を歩く。後ろから聞こえていた陽平の足音は、いつしか隣から聞こえていた。

陽平の存在を無視しようにも、並んで歩いていては意識してしまう。陽平の居る左側が温かいと感じるのは気のせいだろうか。変に意識してしまって、なんとなく落ち着かない。もし生体電気のように、人間がまとうオーラや気というものに温度があるのだとしたら、それを敏感に感じ取ってしまっているのだろうか。

ソワソワとしてしまう瑛麻を気遣ってか、ポツリポツリと陽平が話し始めた。

「昨日、学校の授業中に……大牛蟹、鎮まったんだってな。師匠から連絡あったって、母さんから聞いたよ」

「そっか」

陽平は、瑛麻もその場に居たと知っているのか知らないのか。どちらなのか判断がつかない。どっちとも受け取られる返事をしたけれど、そのあとに言葉が続かなかった。

「僕ね……。金森さんに言われて、追儺衆のやり方を省みてみたんだ」

「念の刀で、心臓を貫くっていう？」

そう、と陽平は神妙な面持ちで頷く。

「金森さんの言うことは理解できるけど、やっぱり理想論だよ。対話を諦めない、なんて。みんなが対話を諦めずにできてたら、世界各地で紛争や戦争なんて起きない」

それは極論だと言いたいけれど、認めてしまう自分も居る。個人間レベルでもうまくいかないのに、国家レベルになったらしがらみなんかも半端ない。でも、大牛蟹に負けたときを追体験させると聞いたときには、心の底からやめてほしいと望んだのも事実。嫌なものは、嫌なのだ。

こういう小さな個人の《嫌だ》が力を持ち、大勢を変えることができればいいのに。

「百々山汰一郎がどんな手段を使ったか、師匠は教えてくれなかったんだ。けど……きっと、僕は百々山汰一郎みたいにはできないし……なれない。師匠の背中を追って、追儺衆のやり方を習得して次に伝えていくと思う」

「そうだよね」

泰成には泰成の正義があり、汰一郎には汰一郎の正義がある。それぞれの立場があることは、昨日のことで痛感した。

心臓を貫かれ、負けたときを思い出した大牛蟹。姿が消えてしまって絶望していたけれど、すぐに呼び出して話をさせてくれたのは汰一郎のファインプレーであり、優しさだ。あのままの幕切れでは、ずっと後悔が瑛麻の心に住み着いていたに違いない。

「さて。駅に着いたね。これからどうする？　昨日みたいに、ベンチに座る？」

気がつけば、目の前には建物の内と外を隔てる自動ドア。

途端に、足がビタリと動かなくなる。

中に入ることができていたのに、今日はできない。ダメだ。ジワリと脂汗が浮かんできて、なんとなく胸の辺りが気持ち悪くなってきたような気がする。

「瑛麻ちゃん……」

背後から遠慮気味に名を呼ばれ、動きが鈍いロボットみたいに、ギギギと上半身を捻るようにして振り向いた。ずっと後ろを歩いていたのか、ギュッとリュックの肩紐を掴む、表情の固い彩蝶が立っている。

「昨日は、無事に帰れた？　今日は、今んとこ大丈夫？」

コクリ……と頷く瑛麻に、彩蝶は安堵の笑みを浮かべた。

彩葉は、あいつらとは違う。

鶯王の言っていたように出会いが人を変えるのなら、彩葉と瑛麻が関わり合うことで、新たな化学反応が起きるかもしれない。出会いが芽であり、蕾になったのなら、あとは瑛麻が勇気を持って咲かせる覚悟をするだけだ。

「あ……っ、あげは、ちゃんは……。土曜日の、太鼓の稽古お休みだったね。都合が、悪かったの？」

瑛麻から話しかけたことに驚いたのか、彩蝶はクッキリ二重の目を真ん丸にする。

「え！　瑛麻ちゃん、稽古に行ってたの？」

黙したまま頷くと、彩蝶は「え～！　ショック～」と、両手で自分の頬を挟んで押し潰した。

「もうすぐ中間テストじゃん？　テスト前で部活が休みになるときは太鼓も休みって、親と約束してるの」

（そっか。そんな時期か）

なるほど、と瑛麻も納得する。テスト一週間前には部活動が休みになるから、瑛麻が顔を出した稽古の日に、彩蝶を含む中学生や高校生は休みの人が多かったのだ。テストに縛られた生活をしていなかったから、その概念がスッポリ抜け落ちていた。

「えっ、ねぇ！　また稽古見に来る？」

必死な形相の彩蝶に両方の二の腕を掴まれ、一気に距離が縮まる。切羽詰まった感じまで伝わってくるから、勢いに飲まれてコクリと頷いた。

「私、太鼓のメンバーになったから。行くよ」

「メンバーなったのッ？　や〜ん！　衝撃展開なんだけどーッ！」

彩蝶は瑛麻をギュ〜ッと抱き締め、やった！　やったぁ！　と小躍りする。太鼓のメンバーに加入したと伝えただけで、どうしてこんなに喜ぶのか。いまいちピンと来ない。

「小学校から一緒に太鼓してた子でもね、進級とか進学していくと、やめちゃう子が居るの。だから、興味を持っただけじゃなくて、一緒にやってくれるのがすごく嬉しい！」

ありがとう！　と、彩蝶は泣きそうな笑みを浮かべた。

（そうか。彩蝶ちゃんは、梨々華ちゃんタイプなんだ）

太鼓が好きで続けていく人。きっと彩蝶は、大人になっても太鼓を続けて、梨々華みたいになるのだろう。そんな未来が想像できた。

（私には、どんな未来があるんだろ）

暗闇に小舟で漕ぎ出したような不安しかない。引きこもりにはならないように頑張っている最中だけど、いつどのタイミングでポキリと心が折れてしまうことか。

彩蝶は抱擁を解くと自動ドアの前に進み、人感センサーを反応させてクルリと身を反転させた。

「約束だよ！　テスト期間が終わったら、鬼の館で一緒に太鼓しようね。篠笛でも太鼓でもいいから、一緒に活動しよッ！」

彩蝶の頭の中には、本当に太鼓のことしかないらしい。こういう場合、学校も頑張ってみよ！　と、そっちの方向に話を持っていかれるのだと思い込んでいた。

勝手に抱いていた見当違いな先入観に、おかしさが込み上げてくる。ふふっと笑みを零し、うん！　と頷いた。

「じゃ、またね」

笑顔で手を振りながら、彩蝶は自動ドアの向こうに消えていく。陽平も足を進め、自動ドアの人感センサーを反応させた。ヴィーンという機械音を伴いながら、自動ドアが開く。

「そしたら、僕も行くよ。また明日、迎えに行くからね」

「だから、来なくていいですって」

不機嫌を装う瑛麻に不敵な笑みを見せ、陽平は背中を向ける。再び機械音をさせながら自動ドアの扉が閉まり、陽平の姿を隠してしまった。

「行っちゃった……」

来なくていいというのは、強がりだと、天邪鬼だとバレてしまっただろうか。

今日もなんとなく、陽平と一緒に歩いた駅までの通学路は、一人で歩くときに比べて足取りが軽かった。

「蕾が綻ぶ……か」

おそらく、少しずつ変化は起きている。

まだ少し。もう少し。

自動ドアという境界を越えて駅のホームに行ける日は、いつか来る……かもしれない。

「焦らない。比べない。私には、私のペースとタイミングがあるんだから」

彩蝶と陽平が消えていった自動ドアに映る自分に、大丈夫、と言い聞かせた。

エピローグ

梅雨は過ぎて夏の日差しが降り注ぐ。制服ではなく、私服の半袖に袖を通している瑛麻は、楽楽福神社の境内に佇んでいた。

相変わらず、俗世と隔絶されたように、静かで穏やかな時間が流れている。

礼をして拝殿に手を合わせ、小山のような円墳に足を向けた。小さな社に手を合わせ、心の中に鶯王を思い浮かべながら話しかける。

「鶯王様。今日ね、やっと通信制高校の転入手続きが終わったんだ。これで、授業の単位数とか気にしなくてよくなったよ」

瑛麻が籍を置いていた高校は全日制。進級や卒業には、必要な単位数がある。なかなか通えていない瑛麻には、卒業どころか進級さえも危うかった。

「親の希望は、高卒ってことだし。通信制でも卒業したあとに進学しなかったら、最終学歴は高卒になるって、梨々華ちゃんが調べてくれたんだ。自分のペースで単位数とか決められるから、私には合ってるんじゃないかな～って。みんなの《普通》とは少し違うけど、私にはこれが《普通》なんだって、そう思えるようになりました。太鼓の稽古も、休みつつだけど行ってるんだよ。偉いでしょ？」

語りかけても返事はないし、姿も見えない。やっぱり、少し寂しいと感じてしまう。

「なんだ？　まだ、ここに通ってんのか。コミュ障ＪＫ」

なんの前触れもなく、いつか聞きたいと願っていた声が背後からした。瑛麻は勢いよく振り返る。そこには、ヨッ！　と片手を挙げ、なにやってんの？　とバカにしたような薄ら笑いを浮かべる汰一郎の姿があった。

無精髭も生やしておらず、ジーンズだけどヨレヨレのＴシャツではない。どことなく小綺麗で、清潔感のある風貌と装いになっていた。きっと襟のあるシャツを着ていて、シャツにシワがないからだと、冷静でありたいと必死になっている思考部分が働く。

汰一郎は当たり前のように瑛麻の隣に膝を折り、しゃがんで社に手を合わせた。

その間も、瑛麻の瞳は撮影中のカメラみたいに、ずっと汰一郎の動きを追っている。

「なんで……？」

呟いた疑問に、汰一郎は韻を踏むようにテンポよく答えた。

「なんで？　ついで」

「ついで？」

「そ。用事があってこっちまで来たから、寄ってみただけ。そしたら、瑛麻が居た。制服じゃないけど……学校、まだ行けてねぇの？」

眉をひそめて片方の口角を吊り上げる汰一郎に、瑛麻は口をへの字に曲げる。

「高校卒業は目指してるよ。通信制高校の転入手続きが完了したって、鷲王様に報告してたところなんだから」

「おっ、いいね。新しい道！　進歩じゃん」

よしよし、と瑛麻の頭をワシャワシャと掻き回しながら、汰一郎はニシシと笑う。

「ちょっと！　ボサボサになるからやめて」

「へぇへぇ。すんませんでした」

まったく悪びれた様子もなく、口先だけの謝罪なのに、なぜだか許せてしまうから癪だ。ムッと頬を膨らませ、再び社に向かって手を合わせる。

（ちょっと、今の見ました？　久しぶりに会えたのに、態度が全然アレなんですけど！）

せっかくなら、もう少し感動的な再会を期待したかった。ロマンスなんて起きなくていいけど、元気だった？　みたいな、そんなモジモジしたやり取りがあったっていいのに。

（モモタロウさんって、相変わらずモモタロウさんなのね！　残念な男め……ッ）

約束を破った罪で、梨々華にボコられてしまえばいいんだ。

（もっと、ちゃんと近況を伝えて、変わった私を見せたかったのに）

理想の再会と違いすぎて、なんか嫌。

瑛麻の不機嫌など歯牙にもかけず、汰一郎はマイペースに話しかけてくる。

「なぁ、ちょっとコンビニまで付き合えよ。せっかくだし、なんか奢ってやる」

「奢りぃ？」

訝しげに聞き返す瑛麻に、そ！　と汰一郎は歯を見せて笑う。

「あれから、かなり頑張ったんだろ？　褒め労わなきゃ。転入したってんなら、入学祝いか？」

「だったら……暑いから、かき氷かソフトクリームがいい」

「いいぞ〜。ご褒美に買ってやろう。ただし、一個だ！」

「んじゃフラッペ！」

「それ、金額的に二個買うのと変わんなくね？」

不本意ながら、こんなやり取りが楽しくて嬉しい。鼓動が速く強くなるし、自然と口元は緩む。

——瑛麻ちゃんは、あの男に恋しちゃったのかしら？

不意に梨々華の発言が蘇り、霧散させるように頭を振った。

(ないない！　そんなわけ、あるはずないッ)

芽生えてしまいそうな感情に、慌てて蓋をする。汰一郎に気づかれてはいけないし、察知されてもいけない。真綿で包むように封をして、名前はつけず、そっと胸の奥深くにしまっておくべき感情だ。

汰一郎は上機嫌に歩き始め、隋神門をくぐって石造りの鳥居に向かう。鳥居のすぐ脇に停められているバイクは、瑛麻が乗り慣れたもの。すでに見慣れたヘルメットが用意されていて、汰一郎は初めから瑛麻が居ると、先を見越していたみたいだ。

（念で気配でも察知されてたのかな？）

汰一郎なら、やりかねない。

「ほれ」とヘルメットを渡され、バイクの後ろにまたがる。汰一郎はドゥルルルンとエンジンを吹かし、ヘルメットを被った瑛麻を後ろに乗せ、田んぼと民家の間に走る道路を爆走した。

国道一八一号線をコンビニに向かって走りながら、瑛麻は日野川の向こうに建つ、鬼の館ホールに顔を向ける。

鬼の館ホールの屋根に片膝を立てて腰を下ろし、金棒を手にする大牛蟹の像。

大牛蟹は今日も、溝口の町を眼下に望みながら、闘神の如く鋭い睨みを利かせていた。

《終》

この物語はフィクションです。
実在する個人、団体等とは関係ありません。

文芸社文庫NEO

許しゆるされ心ごころ

二〇二四年五月十五日　初版第一刷発行

著　者　佐木呉羽
発行者　瓜谷綱延
発行所　株式会社　文芸社
〒一六〇－〇〇二二
東京都新宿区新宿一－一〇－一
電話　〇三－五三六九－三〇六〇（代表）
〇三－五三六九－二二九九（販売）

印刷所　株式会社暁印刷

ISBN978-4-286-25207-0

［文芸社文庫ＮＥＯ　既刊本］

佐木呉羽
神様とゆびきり

幼い頃から神様が見える真那は、神様に守られながら成長した。高校一のイケメンから告白されたことで、女子たちから恨みを買う。すると体に異変が…。時を超えたご縁を描く恋愛ファンタジー。

佐木呉羽
言ノ葉のツルギ

弓道部のイケメン部長・涼介は霊感体質で、妖狐に魅入られ、妖の世界に閉じ込められる。果たして異空間の壁を打ち破れるのか。どうにもできない想いを抱えながらも言霊の力を信じて成長する物語。

久頭一良
死神邸日和

高2の楓が引っ越してきた家の近所に、「死神」と呼ばれる老女が住んでいた。死神の正体とは…。日常に転がる小さな謎と思春期の少女の葛藤を描いた第5回文芸社文庫ＮＥＯ小説大賞大賞受賞作。

西奏楽悠
私のための誘拐計画

ある日突然、父親が行方不明になった。高校生の日向は、12歳の妹と父を捜すうちに、小さな村で慎ましく暮らしていた家族の秘密を知ることになる。兄妹愛、家族愛を描いた第6回Ｗ出版賞銀賞受賞作。